本《ほん》当《とう》はこわい話《はなし》

かくされた真実《しんじつ》、君《きみ》は気《き》づける？

小《こ》林《ばやし》丸《まる》々《まる》・作
ちゃもーい・絵

角川つばさ文庫

真実《まみ》ちゃん

「本当《ほんとう》はこわい図書館《としょかん》」の監視員《かんしいん》。
お話《はなし》にかくされた「本当《ほんとう》はこわい真《しん》
実《じつ》」を解説《かいせつ》してくれる謎多《なぞおお》き少女《しょうじょ》。

カランコロン
ようこそ「本当《ほんとう》はこわい図書館《としょかん》」へ

ここに置《お》いてある本《ほん》はみんなあなたをだまそうとするイタズラっ子《こ》たち
一見《いっけん》なんでもない『お話《はなし》』のふりをしてよく考《かんが》えるとゾクッとする『ネタ』をかくしてる――
『本当《ほんとう》はこわい話《はなし》』なの
うかうかしてるとあなたもだまされちゃうかも

私《わたし》は ここの監視員《かんしいん》
あなたが真実《しんじつ》を 見抜《みぬ》けないときは 助《たす》けてあげるから 安心《あんしん》してね
え？
そうなの！ うちの本《ほん》は とってもカラフル
他《ほか》では見《み》たことがない キレイな『イロ』を しているでしょう
内容《ないよう》だってそうよ
ここには普通《ふつう》の図書館《としょかん》とちがって ありきたりな『ネタ』なんか存在《そんざい》しないの
あるのは『本当《ほんとう》はこわい話《はなし》』だけなのよ……

目《もく》次《じ》

この作品《さくひん》はフィクションです。実在《じつざい》の人物《じんぶつ》、団体《だんたい》、作品等《さくひんとう》とは一切関係《いっさいかんけい》ありません。

今《いま》トイレにかくれてる

学校《がっこう》のトイレって、何《なに》かと怪談話《かいだんばなし》が多《おお》いから、ちょっとこわい気《き》もするわよね。深夜《しんや》に女《おんな》の子《こ》のおばけが出《で》るなんて話《はなし》聞《き》いたことあるでしょ？　でも今回《こんかい》のお話《はなし》は少《すこ》しちがうの。トイレの外《そと》で『何《なに》かこわいこと』が起《お》こったみたいよ……。

昨日《きのう》の話《はなし》なんだけどさ、
学校《がっこう》で校内放送《こうないほうそう》が流《なが》れたんだ。
「ナイフを持《も》った不審者《ふしんしゃ》が侵入《しんにゅう》して、生徒《せいと》が数人《すうにん》おそわれた」、
「警察《けいさつ》に通報《つうほう》したが現在《げんざい》逃《に》げている」って。
でもオレその放送《ほうそう》が流《なが》れたとき、
ちょうどトイレの個室《こしつ》に入《はい》ってて、
廊下《ろうか》からみんなの逃《に》げる声《こえ》とかしてたんだけど出《で》られなくてさ、
でも逆《ぎゃく》に下手《へた》に今《いま》逃《に》げるより、ココでかくれてる方《ほう》が安心《あんしん》かもとも思《おも》って、
そのままトイレにかくれてることにしたんだ。
んで、少《すこ》し経《た》ったんだけど、
急《きゅう》にピタッと廊下《ろうか》から聞《き》こえてた声《こえ》とかなくなって、
代《か》わりに1つだけ——、

だれかがトイレの方《ほう》に向《む》かってくる足音《あしおと》だけ、
聞《き》こえてきたんだよ。
やべー。
と思《おも》ったんだけど、
もう今《いま》からじゃ出《で》られないじゃん。
そしたら、そいつ案《あん》の定《じょう》トイレに入《はい》ってきて、
最悪《さいあく》なことにトイレの個室《こしつ》のドアを順番《じゅんばん》に開《あ》け始《はじ》めたんだよ。
オレがかくれてたのは、
入《い》り口《ぐち》から4番目《ばんめ》の個室《こしつ》でさ、
もう心臓《しんぞう》が超《ちょう》バクバク。
1番目《ばんめ》、バタン。
2番目《ばんめ》、バタン。
3番目《ばんめ》、つまりオレがかくれてる個室《こしつ》のとなりに、足音《あしおと》が近《ちか》づいてくる。
カチャ……。

ドアのノブに手《て》をかける音《おと》がした。

そしたらなんか、となりにもかくれてたヤツがいたらしくて、抵抗《ていこう》したみたいなんだけど、力《ちから》ずくでこじ開《あ》けられちゃって。

「うわあっっー」

って、となりのヤツが叫《さけ》んだんだ。

正直《しょうじき》、オレもつられて叫《さけ》んじゃいそうになった。

でもそのあと、
そいつスグ、

「なんだ…先生《せんせい》か……」

って言《い》って、泣《な》き出《だ》したんだよ。

要《よう》するにトイレのドアを順《じゅん》に開《あ》けてたの、学校《がっこう》の先生《せんせい》だったんだよね。

なんだよー、
ふざけんなよー、
ってオレ思《おも》ってさあ。

オレもとなりのヤツと一緒《いっしょ》でさ、
もうすげー泣《な》きそうになってたから、
逆《ぎゃく》にすげー安心《あんしん》しちゃってさ、
すぐにドア開《あ》けて、
その先生《せんせい》に言《い》ったんだよ。

「あせったよ。警官《けいかん》かと思《おも》った」って。

本当《ほんとう》はこわい真実《しんじつ》の解説《かいせつ》

こわい！

学校《がっこう》にナイフを持《も》った人《ひと》が侵入《しんにゅう》なんて、絶対《ぜったい》やめてほしいわよね。

だけど、トイレにこもっていた語《かた》り手《て》はなぜ、警官《けいかん》かと思《おも》ってあせったのかな？

警官《けいかん》がきて困《こま》る人物《じんぶつ》は、この場《ば》に一人《ひとり》だけ。

そう、犯人《はんにん》。かくれていたのは生徒《せいと》じゃなくて犯人《はんにん》だったの。

ってことは先生《せんせい》も、となりの個室《こしつ》にいた生徒《せいと》も危《あぶ》ない！

うまく逃《に》げられてるといいんだけど……。

ちなみに最後《さいご》に先生《せんせい》と対面《たいめん》し、「あせったよ。警官《けいかん》かと思《おも》った」と言《い》った彼《かれ》は、満面《まんめん》の笑《え》みだったそうよ……。

パンをくわえて走《はし》ったら

朝《あさ》、目覚《めざ》ましを見《み》たら遅刻寸前《ちこくすんぜん》、急《いそ》がなきゃ！　でもお母《かあ》さんは「朝《あさ》ごはん食《た》べて行《い》きなさい！」なんて言《い》うから、仕方《しかた》なくパンだけくわえて家《いえ》をとびだす——少女《しょうじょ》マンガでよくみかけるあのシーン。少女《しょうじょ》マンガでは大体《だいたい》このあと、イケメンとぶつかるの。はずかしいけど少《すこ》しあこがれちゃうシーンよね。

桜舞《さくらま》う季節《きせつ》の、とある朝《あさ》。

彼女《かのじょ》は転校初日《てんこうしょにち》なのに、朝《あさ》ねぼうして、
よほどあせっていたんだろう。

「遅刻《ちこく》、遅刻《ちこく》〜」

パンをくわえて走《はし》っていた。

そんなこととはつゆ知《し》らず、
僕《ぼく》は、いつもと同《おな》じようにねぼうして、

「なんで、もっと早《はや》く起《お》こしてくれなかったんだよッ」

と起《お》こしてくれた母《はは》に文句《もんく》を言《い》って、

「あんた、そんなんじゃ一生彼女《いっしょうかのじょ》できないわよ」

なんて言《い》い返《かえ》されながら――。

いつもと同《おな》じように、猛《もう》スピードで学校《がっこう》へと向《む》かっていた。

そんな彼女《かのじょ》と僕《ぼく》は、
ドンッ——!!
曲《ま》がり角《かど》でぶつかった。
それは僕達《ぼくたち》にとって多分《たぶん》、運命《うんめい》だったに違《ちが》いない。
ヒュルルルル——
彼女《かのじょ》がくわえていたパンが、桜《さくら》の花《はな》びらとともに宙《ちゅう》を舞《ま》う。
それはまるでスローモーションのようだった。
思《おも》えば、あのとき、あの瞬間《しゅんかん》から、
僕《ぼく》にとって、彼女《かのじょ》は一生忘《いっしょうわす》れられない存在《そんざい》になったんだ。
今《いま》でも目《め》を閉《と》じると、
見開《みひら》いた瞳《ひとみ》で僕《ぼく》を見《み》つめる彼女《かのじょ》の顔《かお》を、ハッキリと思《おも》い出《だ》してしまう。
たおれた彼女《かのじょ》のもとに、
かけ寄《よ》ろうとした僕《ぼく》はまず、
ドアを開《あ》けた。

本当《ほんとう》はこわい真実《しんじつ》の解説《かいせつ》

途中《とちゅう》までは、学校《がっこう》に向《む》かう少女《しょうじょ》と少年《しょうねん》が登校中《とうこうちゅう》にぶつかる。

そんなすてきな青春《せいしゅん》のワンシーンに思《おも》えるけど、最後《さいご》の一文《ぶん》に注目《ちゅうもく》。

ドア——そう、彼《かれ》はドアを開《あ》けて、車《くるま》から降《お》りたのよ。

車《くるま》で『学校《がっこう》へと向《む》かっていた』というのだから、きっと彼《かれ》は教師《きょうし》だったのね。

生徒《せいと》より遅《おく》れることがあってはならない、そう思《おも》って急《いそ》いだ結果《けっか》、曲《ま》がり角《かど》で女子生徒《じょしせいと》をひいてしまった。

……その女子生徒《じょしせいと》がどうなったかは、ご想像《そうぞう》にお任《まか》せするわ。

引《ひ》っ越《こ》し

引《ひ》っ越《こ》しってしたことある？　新《あたら》しい学校《がっこう》、新《あたら》しい家《いえ》、新《あたら》しい友達《ともだち》との出会《であ》い。ワクワクすることもあるけれど、楽《たの》しいことばかりじゃないわよね。今回《こんかい》の語《かた》り手《て》は、大切《たいせつ》なペットについて、悩《なや》んでいることがあるみたい。

父《ちち》の転勤《てんきん》が決《き》まり、わが家《や》は引《ひ》っ越《こ》すことになった。
学校《がっこう》の友達《ともだち》と離《はな》れるのもいやだったが、
一番《いちばん》つらかったのは、飼《か》っていた犬《いぬ》のタローと一緒《いっしょ》に暮《く》らせなくなることだった。
引《ひ》っ越《こ》し先《さき》は社宅《しゃたく》のマンションで、犬《いぬ》を飼《か》うことはできなかったのだ。
私《わたし》と姉《あね》は、なんとかタローと暮《く》らせるよう両親《りょうしん》に頼《たの》みこんだが、
どうしても聞《き》き入《い》れてもらえなかった。

引《ひ》っ越《こ》しの少《すこ》し前《まえ》、タローは近所《きんじょ》の山田《やまだ》さんの家《いえ》に引《ひ》き取《と》られることになった。

「元気《げんき》でね。いい子《こ》でね」

頭《あたま》をなでると、タローはさみしそうに「くうん」と鳴《な》いた。

涙《なみだ》をこらえて別《わか》れ、家《いえ》に帰《かえ》った次《つぎ》の日《ひ》。

「わん!」

なんと、タローが自力《じりき》で家《いえ》に帰《かえ》ってきてしまったのだ。
山田《やまだ》さんはすっかりキゲンを悪《わる》くしてしまい、
私《わたし》たちは仕方《しかた》なくほかに引《ひ》き取《と》ってくれる家《いえ》を探《さが》した。
しかしどこに預《あず》けても、どういうわけかタローは自力《じりき》で帰《かえ》ってきてしまう。
散歩《さんぽ》では通《とお》ったことのない地区《ちく》の家《いえ》、
一駅離《ひとえきはな》れた地区《ちく》の家《いえ》でも、ダメだった。
帰《かえ》ってきたタローを見《み》て、嬉《うれ》しいやら悲《かな》しいやらで、
感情《かんじょう》がたかぶり泣《な》いていた私《わたし》の頭《あたま》に手《て》を置《お》いて、
父《ちち》は「匂《にお》いをたどって帰《かえ》ってきたんだろうな」と言《い》った。
そして、タローを車《くるま》に乗《の》せて、
「どこかの山《やま》へ放《はな》してくるよ」と言《い》った。

その日《ひ》、
日本《にほん》にはその年最大《としさいだい》の台風《たいふう》が上陸《じょうりく》していた。

いくらタローの鼻《はな》をもってしても、
さすがにこの大雨《おおあめ》の中《なか》で、
人里《ひとざと》はなれた山《やま》から自力《じりき》で帰《かえ》ってくるのは不可能《ふかのう》だと思《おも》った。
『これでもうタローとは一生会《いっしょうあ》えないんだな』
幼心《おさなごころ》に覚悟《かくご》を決《き》めたことを今《いま》でも覚《おぼ》えている。

しかし、予想《よそう》は外《はず》れた。
3日後《かご》の夜《よる》、風呂場《ふろば》にいた私《わたし》に、母《はは》の声《こえ》がハッキリと聞《き》こえた。
「タローが帰《かえ》ってきた」
急《いそ》いで玄関《げんかん》へかけつけると、
そこにはドロだらけになったタローが、ぐったりと横《よこ》たわっていた。
タローは、またしても自力《じりき》で帰《かえ》ってきたのだ。
あの大雨《おおあめ》の中《なか》を、
いくつもの山《やま》を越《こ》えて、

こんなにぼろぼろになるまで走《はし》って——。
ごめんね、
ごめんね……。
タローを抱《だ》き上《あ》げると、私《わたし》は大泣《おおな》きしてしまった。

それから引《ひ》っ越《こ》しは中止《ちゅうし》になり、
タローは寿命《じゅみょう》で亡《な》くなるまでの間《あいだ》、
家族《かぞく》の一員《いちいん》として、
3人《にん》と1匹《ぴき》でみんな一緒《いっしょ》に暮《く》らしたのである。

本《ほん》当《とう》はこわい真《しん》実《じつ》の解《かい》説《せつ》

社宅《しゃたく》への引《ひ》っ越《こ》しが決《き》まった家族《かぞく》が、仕方《しかた》なく飼《か》っていた犬《いぬ》のタローと別《わか》れようとする話《はなし》ね。

タローは父《ちち》の車《くるま》で、人里《ひとざと》はなれた山《やま》まで運《はこ》ばれていく。だけどタローは、山《やま》からも自力《じりき》で帰《かえ》ってきて、結局《けっきょく》は、一生一緒《いっしょういっしょ》に暮《く》らした……。

だけど1つだけ疑問《ぎもん》が残《のこ》るでしょ。

それは、なぜ『引《ひ》っ越《こ》しは中止《ちゅうし》に』なったのか。

いくらタローと別《わか》れたくないとは言《い》っても、ペットを理由《りゆう》に会社《かいしゃ》の転勤《てんきん》をやめることは難《むずか》しいはずだもの。その答《こた》えは、この部分《ぶぶん》にあるわ。

『タローは寿命《じゅみょう》で亡《な》くなるまでの間《あいだ》、家族《かぞく》の一員《いちいん》として、3人《にん》と1匹《ぴき》でみんな一緒《いっしょ》に暮《く》らしたのである』。

3人《にん》……私《わたし》、母《はは》、そして姉《あね》。

つまり、あの台風《たいふう》の日《ひ》、タローと一緒《いっしょ》に出《で》かけた父親《ちちおや》は帰《かえ》ってこなかったの。悪天候《あくてんこう》の中《なか》、山道《やまみち》を車《くるま》で走《はし》っているとちゅうで、アクシデントに巻《ま》きこまれてしまったのよ。

オレオレ詐欺返《さぎがえ》し

オレオレ詐欺《さぎ》って知《し》ってる？　突然電話《とつぜんでんわ》をかけてきて、「オレオレ」って急《きゅう》に話《はな》しかけるのよ。「○○ちゃん？」なんて心当《こころあ》たりの名前《なまえ》を呼《よ》んでしまおうものなら、「うん、○○だよ」と、その人《ひと》になりすまし、お金《かね》をだまし取《と》ろうとするの。

そうそう『電話《でんわ》』で思《おも》い出《だ》したんだけど、
トメさん聞《き》いて下《くだ》さいな！
傑作《けっさく》な話《はなし》があるんですよ～。
今《いま》さっきの話《はなし》なんですけど、携帯電話《けいたいでんわ》が鳴《な》って、
画面《がめん》に『孫《まご》』って出《で》てたんで、電話《でんわ》に出《で》たんですよ。
「もしもしおばあちゃんだよ」
って言《い》ったら、
「おばあちゃん、オレだよ、オレ」
って言《い》われて、
なんだか話《はなし》を聞《き》いたら、
事故《じこ》を起《お》こしてしまって、
一刻《いっこく》も早《はや》く相手《あいて》の手術費《しゅじゅつひ》を集《あつ》めなきゃいけないと。

そう言《い》うんですよね。
「おばあちゃん、早《はや》くお金《かね》振《ふ》り込《こ》んで。孫《まご》の言《い》うことが信《しん》じられないの？
相手《あいて》の人《ひと》が死《し》んじゃう」って、
電話口《でんわぐち》の男《おとこ》の子《こ》が泣《な》きながら言《い》うんですよ。
でもそこでピーンと来《き》たんですよ。
これは『オレオレ詐欺《さぎ》』だって！
だって、ウチの孫《まご》は全員《ぜんいん》、女《おんな》の子《こ》なんだもの！
だから、
「年寄《としよ》りのお金《かね》をだまし取《と》って恥《は》ずかしくないのかい」って、
逆《ぎゃく》にお説教《せっきょう》して電話切《でんわき》ってやったんですよ！
ハハハ、傑作《けっさく》でしょー。
あれ、そういえば、トメさんはなんで、わざわざ戻《もど》ってきたんですか？
忘《わす》れ物《もの》？
電話《でんわ》してくれたら、こっちから持《も》ってってたのに。

本当《ほんとう》はこわい真実《しんじつ》の解説《かいせつ》

この話《はなし》のポイントは、『トメさんの忘《わす》れ物《もの》が何《なに》か？』よ。

ヒントは2つあって、1つは最後《さいご》の語《かた》り手《て》の台詞《せりふ》、「電話《でんわ》してくれたら、こっちから持《も》ってったのに」。もう1つは最初《さいしょ》の台詞《せりふ》、「『電話《でんわ》』で思《おも》い出《だ》したんだけど」。忘《わす》れ物《もの》をしたトメさんは、電話《でんわ》することができず、語《かた》り手《て》の所《ところ》にもどって、『電話《でんわ》』という言葉《ことば》を出《だ》している――。ここから導《みちび》き出《だ》されるのは、トメさんが、『携帯電話《けいたいでんわ》を語《かた》り手《て》の所《ところ》に忘《わす》れてきてしまった』という事実《じじつ》。そして語《かた》り手《て》はそれに気《き》づいていないみたいね。


つまり、語《かた》り手《て》が持《も》っていた携帯電話《けいたいでんわ》はトメさんの忘《わす》れ物《もの》。オレオレ詐欺《さぎ》だと思《おも》って切《き》ったのは、『本物《ほんもの》のトメさんの孫《まご》がかけた電話《でんわ》』だったのよ。電話《でんわ》をかけてきたトメさんの孫《まご》は本当《ほんとう》に事故《じこ》を起《お》こしてしまい、相手《あいて》の手術費《しゅじゅつひ》を工面《くめん》しようとしていた。

孫《まご》はトメさんと会話《かいわ》しているつもりが、実際《じっさい》には別人《べつじん》と話《はな》していたわけね。

まるでオレオレ詐欺《さぎ》のように……。

A町《ちょう》の踏《ふ》み切《き》り

心霊《しんれい》スポットってあるわよね。そこに行《い》くと必《かなら》ず変《へん》な音《おと》がするとか、なんとなく寒気《さむけ》がするとか……。そんな場所《ばしょ》にはできれば行《い》きたくないけれど、好《す》きな人《ひと》もいるのよね。ほら、今回《こんかい》の語《かた》り手《て》も、カップルで心霊《しんれい》スポットに行《い》ったみたい。

A町《ちょう》の踏《ふ》み切《き》りって心霊《しんれい》スポットとして有名《ゆうめい》じゃん？
ひかれた女《おんな》の子《こ》が足《あし》を切断《せつだん》して亡《な》くなった……とかいう所《ところ》。
こないだカノジョと二人《ふたり》でソコに行《い》ったんだよね。
確《たし》かに人通《ひとどお》りがないし、街灯《がいとう》も少《すく》ないしで怖《こわ》かったんだけど、
別《べつ》に不思議《ふしぎ》な現象《げんしょう》とかは起《お》きなかったんだ。
でも記念《きねん》ってことで、
写真撮《しゃしんと》ったんだけどさ、
なんと！
カノジョのヒザから下《した》が写《うつ》ってないの！
こわーと思《おも》って、
呪《のろ》われたかもーと思《おも》って、
霊能者《れいのうしゃ》に見《み》てもらったんだ。

そしたら、
やっぱり心霊写真《しんれいしゃしん》らしくて、
こんなにハッキリ写《うつ》っているのはめずらしいけど、
「悪《わる》い霊《れい》じゃないから、
1回会《かいあ》ったくらいじゃ呪《のろ》われない」
って言《い》われて、
まーちょっと安心《あんしん》したんだけどさ。
しかし、ほんとに幽霊《ゆうれい》っているんだね！

本当《ほんとう》はこわい真実《しんじつ》の解説《かいせつ》

『カノジョのヒザから下《した》が写《うつ》ってない』という写真《しゃしん》を見《み》た霊能者《れいのうしゃ》は、『こんなにハッキリ写《うつ》っているのはめずらしい』と言《い》っている……。

でも、ヒザから下《した》が写《うつ》っていないのに、「写《うつ》ってない」ではなく「ハッキリ写《うつ》っている」と言《い》うの、おかしくない？

つまり、この「写《うつ》っている」という言葉《ことば》はカノジョに対《たい》して言《い》ったもの。

カノジョは幽霊《ゆうれい》で、幽霊《ゆうれい》だから、ヒザから下《した》が写真《しゃしん》に写《うつ》らなかったのよ。

霊能者《れいのうしゃ》は「1回会《かいあ》ったくらいじゃ呪《のろ》われない」って言《い》ってたけど、この人《ひと》……幽霊《ゆうれい》のことカノジョって呼《よ》んでるくらいだから、絶対《ぜったい》に1回以上会《かいいじょうあ》ってるわよね？

カミナリ

地震《じしん》、カミナリ、火事《かじ》、親父《おやじ》。こわいものを順番《じゅんばん》にならべた決《き》まり文句《もんく》よ。もちろん、時《とき》と場合《ばあい》によって、こわさの順番《じゅんばん》は変《か》わるもの。今回《こんかい》の場合《ばあい》は……？

たしかにテレビでも、
『週末《しゅうまつ》は大雨《おおあめ》になるでしょう』って言《い》ってたし、もうすでに分厚《ぶあつ》くて真《ま》っ黒《くろ》な雲《くも》が空《そら》をおおってるから、ショウガナイとは思《おも》うんだけどさ。
ここまで？　って思《おも》った。
ゴロゴロ
ゴロゴロ
さすがにこれは、ヤバい。
もしかして命《いのち》に関《かか》わるんじゃないかって感《かん》じがしてる。
ゴロゴロ
ゴロゴロ　ゴロゴロ

昔《むかし》から、地震《じしん》、カミナリ、火事《かじ》、親父《おやじ》って言《い》うけど、
正直今《しょうじきいま》まで、「いやいや、そんなこわくないでしょ」とか思《おも》ってたんだ。

でも確《たし》かにこれはこわいわ……。

「大丈夫《だいじょうぶ》かな、どうなっちゃうのかな」

って妹《いもうと》は泣《な》いてるし、

「いつまで続《つづ》くのかしら」

って母《かあ》ちゃんも震《ふる》えてるよ。

こんなことになるなら、
もっと早《はや》く割《わ》れた屋根《やね》の雨《あま》もりを直《なお》しておけばよかったとか、
食料《しょくりょう》に困《こま》らないよう、何《なに》か買《か》いだめしておけばよかったとか、
いろいろ思《おも》うことはあるけど、
今《いま》さら言《い》ってもしょうがないか。

ゴロゴロ　ゴロゴロ
あ〜……。
外《そと》だけでなく、
家《いえ》の中《なか》まで暗《くら》い雰囲気《ふんいき》になってきた。

しかし、

よくこんなゴロゴロできるなー。
そろそろどっかいってもいい気《き》がするんだけど。
なんなんだろうな……。
ホント、
オレこわい。
親父《おやじ》を見《み》てると。

本当《ほんとう》はこわい真実《しんじつ》の解説《かいせつ》

語《かた》り手《て》が言《い》う、ゴロゴロしている「こわいもの」は、「カミナリ」ではなく、「親父《おやじ》」のこと。

失業《しつぎょう》してから仕事《しごと》を探《さが》そうともせず、ずっと家《いえ》でゴロゴロしている親父《おやじ》を見《み》て、家族《かぞく》はこれから先《さき》の生活《せいかつ》に、恐怖《きょうふ》と不安《ふあん》を感《かん》じているわけね。

もういったいどれくらいそうしているのでしょう。

屋根《やね》を直《なお》すお金《かね》もつきてしまったようだし、本物《ほんもの》の大雨《おおあめ》がくる前《まえ》に働《はたら》かないと、家族《かぞく》から怒《いか》りのカミナリがおちそうね。

ダイイングメッセージ

よくミステリーなんかで、殺人現場《さつじんげんば》に残《のこ》されているのが、これ。被害者《ひがいしゃ》が最後《さいご》の力《ちから》をふりしぼって、犯人《はんにん》の手《て》がかりや、大切《たいせつ》な情報《じょうほう》を伝《つた》えようとしたのよね。今回《こんかい》の事件《じけん》でも、これが重要《じゅうよう》な手《て》がかりになったみたい。

やっと警察《けいさつ》が容疑者《ようぎしゃ》捕《つか》まえたね。
知《し》ってた？
あの殺人事件《さつじんじけん》のヤツ。
ニュースでもバンバン流《なが》れてたよね。
あれねー、
実《じつ》は、ここだけの話《はなし》なんだけどさ、
本当《ほんとう》、だれにも言《い》うなよ？
オレ、
あいつの逮捕《たいほ》に貢献《こうけん》してんだよー。
警察《けいさつ》から賞状《しょうじょう》もらいたいくらいだよー。
あの事件《じけん》ってさ、
物的証拠《ぶってきしょうこ》とか何《なに》もないんだよ。

でもね、
1個《こ》だけあったの、
証拠《しょうこ》となり得《う》るもの。
被害者《ひがいしゃ》が残《のこ》してたんだよ、
ダイイングメッセージ！
よくあるでしょ？　マンガとかで。
自分《じぶん》の血《ち》で書《か》いちゃうぞ、みたいな！
あれにね。
オレが気付《きづ》いたの。
もしオレが気付《きづ》かなかったらさー、
絶対《ぜったい》、警察《けいさつ》は、
あいつ逮捕《たいほ》してなかったよ、
すごくない？

本当《ほんとう》はこわい真実《しんじつ》の解説《かいせつ》

語《かた》り手《て》は、殺人事件《さつじんじけん》の現場《げんば》で、被害者《ひがいしゃ》の残《のこ》したダイイングメッセージを発見《はっけん》したと言《い》っているわ。そして、自分《じぶん》がそれを見《み》つけていなかったら、警察《けいさつ》は容疑者《ようぎしゃ》を逮捕《たいほ》していなかった、とも。

これは一見《いっけん》すると、『語《かた》り手《て》が発見《はっけん》したダイイングメッセージに、逮捕《たいほ》された男《おとこ》の名前《なまえ》が書《か》いてあった』と理解《りかい》してしまいそうになるけど、実際《じっさい》は違《ちが》うわ。

語《かた》り手《て》がどうやって、ダイイングメッセージを発見《はっけん》したかを、想像《そうぞう》するとわかるでしょ。

語《かた》り手《て》は『警察《けいさつ》から賞状《しょうじょう》もらいたい』と言《い》ってるくらいだから、警察官《けいさつかん》ではない。じゃあ警察官以外《けいさつかんいがい》で、現場《げんば》に入《はい》ってダイイングメッセージを、発見《はっけん》できるのは誰《だれ》でしょう？

……それは「その事件《じけん》の犯人《はんにん》」！

つまり語《かた》り手《て》は、被害者《ひがいしゃ》が残《のこ》したダイイングメッセージを発見《はっけん》し、自分《じぶん》の名前《なまえ》を他人《たにん》の名前《なまえ》に書《か》きかえたのよ。

だから、全《すべ》ての証拠《しょうこ》がなくなり、誤認逮捕《ごにんたいほ》という形《かたち》で別《べつ》の人間《にんげん》が捕《つか》まってしまったわけね……ゆるせないわ！

お医者様《いしゃさま》は いらっしゃいませんか？

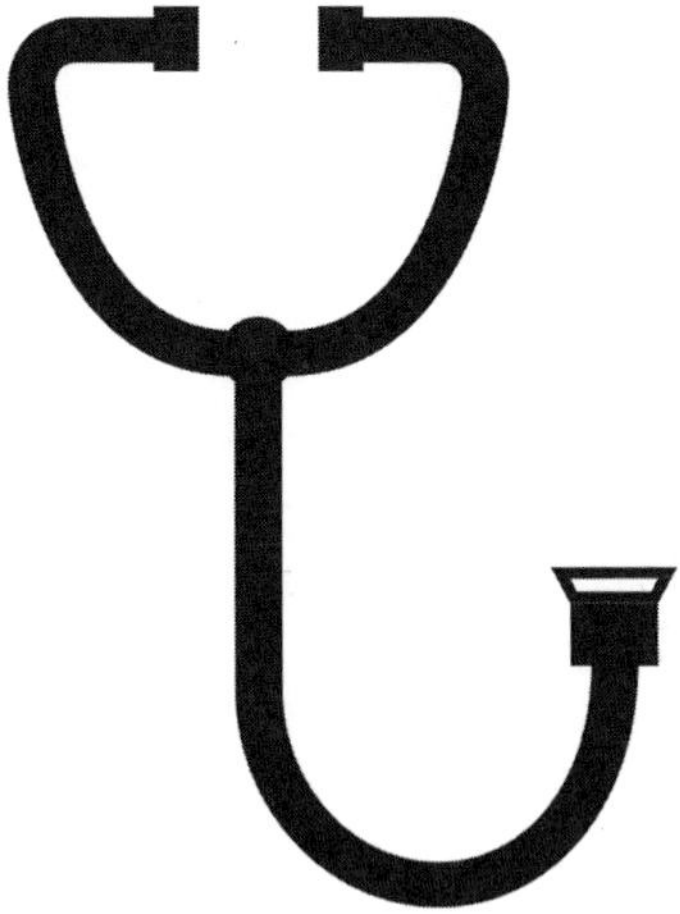

飛行機《ひこうき》や電車《でんしゃ》の中《なか》など、すぐに病院《びょういん》に行《い》けない状況《じょうきょう》で具《ぐ》合《あい》が悪《わる》い人《ひと》が出《で》た場合《ばあい》、スタッフの人《ひと》が「この中《なか》に、お医《い》者様《しゃさま》はいらっしゃいませんか？」って聞《き》いてまわることがあるわよね。ドラマなどでは、よくみかけるけれど……？

「お医者様《いしゃさま》はいらっしゃいませんか？
どなたか、この中《なか》に、
お医者様《いしゃさま》はいらっしゃいませんか？」
彼女《かのじょ》の悲痛《ひつう》な声《こえ》に反応《はんのう》し、
数人《すうにん》の医師《いし》が手《て》を挙《あ》げて、彼女《かのじょ》の方《ほう》を向《む》いた。
彼女《かのじょ》は人混《ひとご》みをかき分《わ》けて、
彼《かれ》らに順番《じゅんばん》に近《ちか》づくと、
自分《じぶん》の状況《じょうきょう》や素性《すじょう》、
それから連絡手段《れんらくしゅだん》を伝《つた》えてまわった。
彼女《かのじょ》は懸命《けんめい》だった。
ひどくあせっているようにも見《み》えた。
最後《さいご》の医師《いし》と会話《かいわ》をすませ、

彼《かれ》に対《たい》しておじぎをした彼女《かのじょ》は、
口《くち》を開《ひら》くと、
再度《さいど》、よく響《ひび》く大《おお》きな声《こえ》で言《い》った。
「どなたか、
この中《なか》に、
弁護士《べんごし》の方《かた》はいらっしゃいませんか？」

本当《ほんとう》はこわい真実《しんじつ》の解説《かいせつ》

緊急《きんきゅう》にお医者様《いしゃさま》が必要《ひつよう》なのは、だれかの具合《ぐあい》が悪《わる》いとき。

だけど、弁護士《べんごし》さんまで必要《ひつよう》な状況《じょうきょう》とは……？


この話《はなし》のタイトルを変更《へんこう》するとしたら……『婚活《こんかつ》パーティーにて』になるでしょうね。

婚活《こんかつ》パーティーっていうのは、結婚相手《けっこんあいて》を探《さが》している女性《じょせい》と男性《だんせい》が集《あつ》まって、お見合《みあ》いをする会《かい》のこと。いろんなお話《はなし》をして、趣味《しゅみ》や考《かんが》え方《かた》のあう人《ひと》を探《さが》すのね。でも、中《なか》には「たくさんお金《かね》を持《も》っていそうな相手《あいて》」を求《もと》めている人《ひと》もいるみたい。

つまり、このお話《はなし》の中《なか》の女性《じょせい》は、お医者様《いしゃさま》や弁護士《べんごし》さんといった、たくさんお金《かね》をかせぎそうな職業《しょくぎょう》の人《ひと》を探《さが》して歩《ある》き回《まわ》っていた、ということね。

大事《だいじ》なのはお金《かね》じゃなくて、愛《あい》だと思《おも》うけどなあ～。

あいあい傘《がさ》

ひとつの傘《かさ》に、二人《ふたり》で入《はい》ることを、あいあい傘《がさ》っていうのよね。好《す》きな人《ひと》と一緒《いっしょ》に、あいあい傘《がさ》で帰《かえ》れたらすてきじゃない？　雨《あめ》でぬれないように、お互《たが》い近《ちか》づかなくちゃいけないから、ドキドキしちゃうでしょうね！

「どうしたの？　早《はや》く帰《かえ》ろうよ」

くつを履《は》きかえた源太《げんた》が、僕《ぼく》のランドセルを手《て》の平《ひら》で軽《かる》く叩《たた》いた。

「いや、傘《かさ》が見《み》つかんないんだよ」

僕《ぼく》はクラスの傘立《かさた》てをあさっていた。

「じゃあ、先生《せんせい》に言《い》って借《か》りれば？　ごめん。ボク、今日《きょう》、塾《じゅく》だから帰《かえ》らなきゃ」

そう言《い》うと、源太《げんた》は持《も》っていた青《あお》い傘《かさ》を広《ひろ》げた。

「それ、僕《ぼく》のと間違《まちが》ってない？」

たずねると、源太《げんた》は傘《かさ》の柄《え》に付《つ》いたネームタグを確認《かくにん》して首《くび》をふった。

「ボクのだよ。じゃあ、ごめんね。また明日《あした》」

そう言《い》った源太《げんた》の背《せ》に、僕《ぼく》は「うん、じゃー」と返《かえ》した。

どうしようかなあ。

うでを組《く》んでしばらく考《かんが》えていた僕《ぼく》は、チラチラとこちらをうかがう視線《しせん》に気《き》づいた。

顔《かお》を向《む》けると、視線《しせん》の主《ぬし》はあわてて柱《はしら》のかげにかくれた。

グレーのコートのすそが柱《はしら》からはみ出《で》ている。

「なんだよ、歩美《あゆみ》。何《なに》か用《よう》か？」

声《こえ》をかけると、予想通《よそうどお》り柱《はしら》のかげから歩美《あゆみ》が顔《かお》を出《だ》した。

「いや、別《べつ》に。ただ、……帰《かえ》ろうとしただけよ」

そう言《い》うと歩美《あゆみ》は、そそくさとくつを履《は》きかえた。

僕《ぼく》は「そんじゃーな」と言《い》ったが、歩美《あゆみ》はその場《ば》で何《なに》かモジモジとしている。

「先生《せんせい》に傘《かさ》借《か》りるの？」

「うーん、雨強《あめつよ》いし、それしかないかなあ」

僕《ぼく》が答《こた》えると、歩美《あゆみ》は「源太《げんた》くんに途中《とちゅう》まで入《い》れてもらえば良《よ》かったじゃん」と言《い》った。

なるほど。確《たし》かにそうだ。

と思《おも》ったが、自分《じぶん》の要領《ようりょう》の悪《わる》さを認《みと》めるのがいやだったので、
僕《ぼく》は「なんか、源太《げんた》が塾《じゅく》だって言《い》うからさ」と答《こた》えた。

それを聞《き》くと、歩美《あゆみ》はわざとらしく大《おお》げさにため息《いき》をつき、

「しょうがないなー」と言《い》った。

僕《ぼく》と歩美《あゆみ》は幼稚園《ようちえん》から一緒《いっしょ》で、親同士《おやどうし》も親《した》しく、家《いえ》も近所《きんじょ》だった。

「じゃあ、ほら」

歩美《あゆみ》はピンク色《いろ》の傘《かさ》を広《ひろ》げた。


帰《かえ》り道《みち》で交《か》わした会話《かいわ》はたわいもないものだった。

担任《たんにん》の先生《せんせい》の口《くち》ぐせについてだったり、
作文《さくぶん》がきらいだとか、七の段《だん》が未《いま》だにあやしいとか、そういったものだ。
歩美《あゆみ》の歩《ある》く速度《そくど》はとても遅《おそ》かった。
そのときの僕《ぼく》は「女子《じょし》は歩《ある》くの遅《おせ》えなー」くらいにしか思《おも》わなかったが、
要《よう》するに歩美《あゆみ》は僕《ぼく》に話《はな》したいことがあったのだ。
「……そんなことより」

そう言《い》って歩美《あゆみ》は話《はなし》を切《き》り出《だ》した。

「真司《しんじ》はさ。好《す》きな子《こ》とかいるの？」

「は？」

僕《ぼく》は面食《めんく》らって、間《ま》のぬけた声《こえ》を出《だ》した。

「な、なんでお前《まえ》にそんなこと言《い》わなくちゃいけないんだよ」

「愛梨《あいり》ちゃん、男子《だんし》はみんな好《す》きでしょ？」

たしかに宮原愛梨《みやはらあいり》はとても可愛《かわい》い。

だが、そんなことをそのまま口《くち》にするほど、僕《ぼく》は要領《ようりょう》が悪《わる》いわけではない。

歩美《あゆみ》にだけは、変《へん》な誤解《ごかい》をされるわけにはいかないのだ。

「別《べつ》にクラスの男子《だんし》みんなが、あーいうおじょう様《さま》タイプが好《す》きなわけではないよ」

僕《ぼく》は平静《へいせい》を装《よそお》って、そう答《こた》えた。

「ふーん。そうなんだ。ふーん」

歩美《あゆみ》は何度《なんど》かつぶやいた。

「じゃあ、男子《だんし》は？　男子《だんし》ではだれが一番人気《いちばんにんき》あんの？」

僕《ぼく》は自分《じぶん》に向《む》いたほこ先《さき》を転《てん》じ、歩美《あゆみ》に向《む》け返《かえ》した。

「だれだろうなー。とりあえず、真司《しんじ》でないことは確《たし》かだよ」

歩美《あゆみ》はいたずらっぽく笑《わら》った。

「うるせーな。そんなことはわかってるよ…」

……じゃあ、

……歩美《あゆみ》は？

歩美《あゆみ》は好《す》きな人《ひと》とかいるの？

頭《あたま》の中《なか》に言葉《ことば》は浮《う》かんだが、声《こえ》に出《だ》す勇気《ゆうき》はなかった。

僕《ぼく》が葛藤《かっとう》しているうちに、歩美《あゆみ》の家《いえ》が見《み》えてきた。

そのとき、歩美《あゆみ》が足《あし》を止《と》めた。

「あのね……ちょっと、真司《しんじ》に言《い》いたいことがあってね」

「…何《なん》だよ。あらたまって」

「………」

歩美《あゆみ》が沈黙《ちんもく》し、雨音《あまおと》が急《きゅう》に大《おお》きくなったように感《かん》じる。

「……真司《しんじ》の傘《かさ》ね。5年生《ねんせい》の傘立《かさた》てに入《はい》っているよ」

「は？　……どういうこと？」

「ごめん。…私《わたし》がかくしたの」

「なんで？」

歩美《あゆみ》の顔《かお》をのぞきこむと、頬《ほお》がほんのり赤《あか》く染《そ》まっていた。

「……えっと、あの、一緒《いっしょ》に、帰《かえ》ろうと思《おも》って」

雨音《あまおと》が遠《とお》のいて、今度《こんど》は自分《じぶん》の心臓《しんぞう》の音《おと》が大《おお》きくなった。

「………」

……歩美《あゆみ》は好《す》きな人《ひと》とかいるの？

頭《あたま》の中《なか》にさっきと同《おな》じ言葉《ことば》が浮《う》かんだ。

「………」

「……あのさ、」

僕《ぼく》が勇気《ゆうき》を出《だ》して口《くち》を開《ひら》くと、歩美《あゆみ》も同時《どうじ》に口《くち》を開《ひら》いた。

「……ごめんね。ホント」

僕《ぼく》は大《おお》きく首《くび》をふった。

「……いや、全然《ぜんぜん》、全然《ぜんぜん》。別《べつ》にいいよ。そんなこと」

歩美《あゆみ》はそれを聞《き》いて安心《あんしん》したのか、息《いき》を大《おお》きく吐《は》いた。

「真司《しんじ》、怒《おこ》るかと思《おも》ったから、よかったぁ」

「そんなんじゃ、怒《おこ》んないよ。それよりさ、歩美《あゆみ》はさ……」

「何《なに》？」

彼女《かのじょ》は小首《こくび》をかしげた。

「……………」

「どうしたの？」

「……いや、何《なん》でもない」

単純《たんじゅん》にヘタれただけだったが、
歩美《あゆみ》の気持《きも》ちを知《し》れただけでも、今日《きょう》のところは十分《じゅうぶん》な収穫《しゅうかく》だと思《おも》ったことも事実《じじつ》だ。

少《すこ》し気《き》を抜《ぬ》くと、口元《くちもと》がにやけてしまいそうなくらいには、幸《しあわ》せを感《かん》じていた。

「何《なに》よ。変《へん》なの」

彼女《かのじょ》はそう言《い》うと、ピンク色《いろ》の傘《かさ》の柄《え》を僕《ぼく》の方《ほう》に押《お》して渡《わた》した。

「明日《あした》、返《かえ》して」

「あー、うん。わかった」

「じゃあね」

「うん、じゃあ、明日《あした》」僕《ぼく》が口《くち》にすると、歩美《あゆみ》は笑顔《えがお》で、

「次《つぎ》は間違《まちが》えないようにするね」

と言《い》って、家《いえ》の玄関《げんかん》へと走《はし》って行《い》った。

本当《ほんとう》はこわい真実《しんじつ》の解説《かいせつ》

真司《しんじ》くんが、幼《おさな》なじみの歩美《あゆみ》ちゃんとあいあい傘《がさ》で帰宅《きたく》する、というお話《はなし》。真司《しんじ》くんは、歩美《あゆみ》ちゃんが自分《じぶん》に好意《こうい》を寄《よ》せていると知《し》って、両想《りょうおも》いになれたと喜《よろこ》んでいるみたいね。でも、歩美《あゆみ》ちゃんが帰《かえ》り際《ぎわ》、「次《つぎ》は間違《まちが》えないようにするね」と言《い》った理由《りゆう》って……？彼女《かのじょ》は一体《いったい》、何《なに》を間違《まちが》えたのかしら？……まあ、この話《はなし》で、彼女《かのじょ》が自発的《じはつてき》に取《と》った行動《こうどう》は1つしかないから、こう推測《すいそく》できるわね。彼女《かのじょ》は傘《かさ》をかくした。それは真司《しんじ》くんの傘《かさ》だった。それが間違《まちが》いだった——つまり、彼女《かのじょ》はかくす傘《かさ》を間違《まちが》えたのよ。その青《あお》い傘《かさ》は本《ほん》人《にん》たちでさえ、柄《え》についたネームタグを見《み》なければ、自分《じぶん》の傘《かさ》か判別《はんべつ》できないもの。だから、彼女《かのじょ》が間違《まちが》えてしまったのも仕方《しかた》がないでしょう。……つまり、本当《ほんとう》に彼女《かのじょ》が思《おも》いを寄《よ》せ、あいあい傘《がさ》で一緒《いっしょ》に帰《かえ》ろうとしていた相手《あいて》は、……源太《げんた》くんだった。というわけね。自分《じぶん》が傘《かさ》をかくしたという罪悪感《ざいあくかん》もあったと思《おも》うし、幼《おさな》なじみが困《こま》っていたので助《たす》けたとも言《い》えるけど、彼女《かのじょ》が真司《しんじ》くんとあいあい傘《がさ》で帰《かえ》った『直接的《ちょくせつてき》な理由《りゆう》』は、真司《しんじ》くんが傘《かさ》がなくなったことを『先生《せんせい》に伝《つた》えようとしていたから』よ。

おふくろの味《あじ》

「おふくろ」っていうのは、男性《だんせい》が自分《じぶん》のお母《かあ》さんを呼《よ》ぶときに使《つか》う言葉《ことば》よ。子《こ》どもの頃《ころ》は当《あ》たり前《まえ》に食《た》べていたお母《かあ》さんの手料理《てりょうり》。大人《おとな》になって親元《おやもと》を離《はな》れると、急《きゅう》にその味《あじ》が恋《こい》しくなったりするのよね。このお話《はなし》の語《かた》り手《て》も、結婚後《けっこんご》にそれに気《き》づいたみたいね。

冬《ふゆ》の朝《あさ》。

まな板《いた》を叩《たた》く「トントントントン」という音《おと》で、私《わたし》は目《め》を覚《さ》ました。

寒《さむ》さで布団《ふとん》からなかなか出《で》られない私《わたし》に対《たい》して、

「早《はや》く起《お》きて。遅刻《ちこく》するわよ」

キッチンから声《こえ》がする。

のろのろと起《お》き上《あ》がり、リビングの椅子《いす》に座《すわ》った私《わたし》の前《まえ》に、
湯気《ゆげ》の立《た》ったみそ汁《しる》が置《お》かれた。

「冷《さ》めないうちに食《た》べて」

結婚当初《けっこんとうしょ》、
妻《つま》の料理《りょうり》が原因《げんいん》で、私達《わたしたち》はケンカをくり返《かえ》した。

もともと彼女《かのじょ》は料理《りょうり》が上手《じょうず》な方《ほう》ではなかった。
さらに言《い》うと、
愛《あい》し合《あ》っていたとはいえ、
育《そだ》ってきた環境《かんきょう》が異《こと》なる他人同士《たにんどうし》なのだ、
味《あじ》の好《この》み自体《じたい》も大《おお》きく違《ちが》っていた。
特《とく》に私《わたし》がゆずれなかったのがみそ汁《しる》の味付《あじつ》けだ。
どうしても母親《ははおや》の、
『おふくろの味《あじ》』というやつを求《もと》めてしまう。
「何《なに》か違《ちが》う……」
みそ汁《しる》を飲《の》む度《たび》に、そう言《い》って彼女《かのじょ》をガッカリさせ、
悲《かな》しませてしまったことを、今《いま》では深《ふか》く反省《はんせい》している。
あれから紆余曲折《うよきょくせつ》はあったが、
もう5年《ねん》も経《た》っていた。

テーブルの上《うえ》に置《お》かれたみそ汁《しる》に口《くち》を付《つ》ける。

「うまい」

そう。

これがみそ汁《しる》だ。

出《だ》されたみそ汁《しる》は、

完全《かんぜん》に『おふくろの味《あじ》』そのものだった。

「これ飲《の》まないと、体《からだ》が動《うご》かないんだよなあ」

自然《しぜん》と笑《え》みがこぼれる私《わたし》の顔《かお》を見《み》て、

キッチンから、ため息混《いきま》じりの台詞《せりふ》が返《かえ》ってきた。

「あなたもう、20年以上《ねんいじょう》おんなじこと言《い》ってるわね」

本当《ほんとう》はこわい真実《しんじつ》の解説《かいせつ》

語《かた》り手《て》の男《おとこ》が、差《さ》し出《だ》されたみそ汁《しる》を飲《の》む話《はなし》。

彼《かれ》は、妻《つま》が作《つく》ったみそ汁《しる》を飲《の》み、『おふくろの味《あじ》』が再現《さいげん》されていることに、感動《かんどう》する

……というわけではないようね。

最後《さいご》にキッチンから返《かえ》ってきた言葉《ことば》は、

「あなたもう、20年以上《ねんいじょう》おんなじこと言《い》ってるわね」。

彼《かれ》は結婚《けっこん》から5年《ねん》しか経《た》っていないはずなのに、なぜこの声《こえ》の主《ぬし》は20年以上前《ねんいじょうまえ》から語《かた》り手《て》のことを知《し》っているのでしょう。それは、キッチンにいたのが、彼《かれ》の母親《ははおや》だから。

つまり、先《さき》ほど飲《の》んだみそ汁《しる》は彼《かれ》の母親《ははおや》が作《つく》ったもの。『おふくろの味《あじ》』がして当《あ》たり前《まえ》だったわけ。

結局《けっきょく》、奥《おく》さんの努力《どりょく》を認《みと》めず思《おも》いやりに欠《か》けていた彼《かれ》の結婚生活《けっこんせいかつ》は、そう長《なが》くは続《つづ》かなかったらしいわ。5年後《ねんご》の現在《げんざい》、彼《かれ》は実家《じっか》で母親《ははおや》と暮《く》らしている。

というお話《はなし》よ。

オチのない話《はなし》

この話《はなし》の語《かた》り手《て》は、文化祭《ぶんかさい》をひかえた高校生《こうこうせい》。この学校《がっこう》の文化祭《ぶんかさい》は結構人気《けっこうにんき》があって、人《ひと》がたくさんあつまるらしいわ。だから、みんな準備《じゅんび》にも力《ちから》が入《はい》っているみたい。そんなある日《ひ》に起《お》こった話《はなし》。

その日《ひ》は文化祭《ぶんかさい》の準備《じゅんび》があってさ、いつもより帰《かえ》りが遅《おそ》くなったんだ。
オレのクラス、模擬店《もぎてん》で焼《や》きそば売《う》るんだけど、
なかなかおいしくできなくてさ。
試作《しさく》をくり返《かえ》して、結局《けっきょく》ひとりで5人前《にんまえ》は食《た》べたかな？
「うっ、きもちわる……」
案《あん》の定《じょう》、オレは帰《かえ》り道《みち》でトイレに行《い》きたくなっちゃって……。
家《いえ》まで10分《ぷん》くらいの距離《きょり》だったから、
どーしよーかなーと思《おも》ったんだけど、
近所《きんじょ》の公園《こうえん》の公衆便所《こうしゅうべんじょ》に入《はい》ったの。
あんましキレイとは言《い》えない感《かん》じの個室《こしつ》で、落書《らくが》きだらけ。
でもしょーがないと思《おも》って、ドアをしめたんだ。
そのとき、ドアの内側《うちがわ》に、黒《くろ》い油性《ゆせい》ペンで小《ちい》さな文字《もじ》が書《か》いてあるのを見《み》つけたの。

『右《みぎ》の壁《かべ》を見《み》るな。
って。
こういうのって、ダメって言《い》われると見《み》たくなるじゃん？
それで、
ダメだと思《おも》いながらも右《みぎ》の壁《かべ》を見《み》たの。
そしたら、今度《こんど》は、
左《ひだり》の壁《かべ》を見《み》るな。
って書《か》いてあったんだ。
で左《ひだり》の壁《かべ》を見《み》たら、
天井《てんじょう》を見《み》るな。
って書《か》いてあったの。
で天井《てんじょう》を見《み》たら、大《おお》きな赤《あか》い字《じ》で、
絶対《ぜったい》にふり向《む》くな。
って書《か》いてあったの。

さすがにちょっとこえーなーと思《おも》ったんだけど、
ここでふり向《む》けば、友達《ともだち》に話《はな》すネタになるしなーとか思《おも》って、
勇気出《ゆうきだ》してふり向《む》いたんだ。
そしたら、
そこに女《おんな》の子《こ》が立《た》ってたの。
黒目《くろめ》が全《まった》くなくて、歯《は》もなくて、
口《くち》をパクパクして何《なに》か言《い》っている。
「へっへふな、へっへふな」って聞《き》こえて、
何《なに》を言《い》ってるのか最初《さいしょ》わからなかったんだけど、
だんだん声《こえ》がハッキリと大《おお》きくなっていって、
聞《き》こえたんだよ……。
「絶対《ぜったい》にしゃべるな」って。
でも、こわすぎて、
オレ、あぁー！　って叫《さけ》んじゃったんだ。

そしたら、
その黒目《くろめ》のない子《こ》、パクパクするのやめて、
口《くち》を開《あ》け始《はじ》めた。
ほっぺたが裂《さ》けるくらい口《くち》が広《ひろ》がって――。
一瞬《いっしゅん》で、
バクッ！
オレの頭《あたま》を丸《まる》かじりしたんだ』

本当《ほんとう》はこわい真実《しんじつ》の解説《かいせつ》

わああ!!
男《おとこ》の子《こ》が食《た》べられちゃっ……た?
ううん、違《ちが》うわ。タイトルをよく思《おも》い出《だ》して。この話《はなし》のタイトルは「オチのない話《はなし》」。
つまり「なんの意外性《いがいせい》もない」お話《はなし》ってことよね?
じつは、トイレに書《か》かれていた落書《らくが》きは、文章《ぶんしょう》の途中《とちゅう》の〝『〟から〝』〟まで。
だからこれは、落書《らくが》きを読《よ》んでいるだけの、オチのない話《はなし》なのよ。

勉強法《べんきょうほう》

勉強法《べんきょうほう》は人《ひと》それぞれ。自分《じぶん》にあった方法《ほうほう》を、自分《じぶん》でさがすのが一番《いちばん》だけど、成績《せいせき》のいい人《ひと》がどんな勉強法《べんきょうほう》を実践《じっせん》しているのかは、ちょっと気《き》になっちゃうわよね。最近《さいきん》、近《こん》藤君《どうくん》の成績《せいせき》が上《あ》がったみたいだけど、どんな方法《ほうほう》を使《つか》ったのかしら？

電車《でんしゃ》のシートがしずんだ感触《かんしょく》で、
だれかがとなりに座《すわ》ったことがわかった。

目《め》を開《あ》けると、クラスメートの西田君《にしだくん》だった。

彼《かれ》はこちらを向《む》いて、口《くち》をパクパクと動《うご》かしていた。

僕《ぼく》はため息《いき》をつくと、イヤホンを耳《みみ》から外《はず》した。

「ため息《いき》つくことないだろう」

「えっ？」

僕《ぼく》は聞《き》き取《と》れず、西田君《にしだくん》に耳《みみ》を近《ちか》づけた。

「いや、ため息《いき》つくなよ」

「ああ。ごめん、ごめん。曲《きょく》が良《い》いところだっただけだよ。えっとー……それで？」

クラスメートと言《い》っても、西田君《にしだくん》とは特別仲《とくべつなか》が良《よ》いというわけではなかった。

所属《しょぞく》するグループも違《ちが》うし、用《よう》もないのに、こんなガラガラの車内《しゃない》で、僕《ぼく》のとなりに座《すわ》ってくるとは思《おも》えなかった。

「あのさ。近藤《こんどう》って最近《さいきん》、英語《えいご》の成績上《せいせきあ》がってるじゃん」

「ああ、そうだね」

僕《ぼく》は素《そ》っ気《け》なく返《かえ》した。

前回《ぜんかい》の中間《ちゅうかん》テストでクラストップになったので、
僕《ぼく》の英語《えいご》の上達《じょうたつ》ぶりは、周知《しゅうち》の事実《じじつ》だった。

その前《まえ》のテストでは、最下位《さいかい》争《あらそ》いをするレベルだった。

争《あらそ》っていた相手《あいて》の一人《ひとり》は、この西田君《にしだくん》だった。

「今度《こんど》のテストで赤点《あかてん》を取《と》ると、ホントにヤバいらしいんだよ。それでさ、

……どうやって英語《えいご》の勉強《べんきょう》してるか教《おし》えてくれない？」

僕《ぼく》は無意識《むいしき》にまた、ため息《いき》をついてしまった。

「……ダメかな？」

「いや、別《べつ》にダメって訳《わけ》じゃないけど……」

西田君《にしだくん》は手《て》を合《あ》わせて、

「じゃあ、頼《たの》むよー」と言《い》った。

僕《ぼく》は迷《まよ》った。

勉強法《べんきょうほう》を教《おし》えたことで、『クラストップの座《ざ》が奪《うば》われてしまう』とか、
そんな理由《りゆう》ではない。

「うーん。別《べつ》に、意地悪《いじわる》してるわけじゃないんだよ。

教《おし》えたところで、僕《ぼく》と同《おな》じことができるのか？　っていう話《はなし》でさ」

「……どういうこと？」

「かんたんに言《い》うと、僕《ぼく》の成績《せいせき》が上《あ》がったのは、英語漬《えいごづ》けになったからなんだよ」

「英語漬《えいごづ》けになる？」

西田君《にしだくん》は僕《ぼく》の言葉《ことば》をオウム返《がえ》しにした。

「朝《あさ》から晩《ばん》まで英語《えいご》を聞《き》くんだよ。昔《むかし》から言《い》うだろ。

外国語《がいこくご》を学《まな》びたければ、その国《くに》の彼女《かのじょ》を作《つく》れば良《い》いってさ。そういう話《はなし》だよ」

少《すこ》し考《かんが》えたあと西田君《にしだくん》は、僕《ぼく》の首《くび》からたれ下《さ》がっていたイヤホンを、
自分《じぶん》の片耳《かたみみ》に当《あ》てた。

「日本《にほん》の曲《きょく》じゃん」

「うん」

僕《ぼく》はうなずいた。

「じゃあ、ホントに外国人《がいこくじん》の彼女《かのじょ》がいるってこと？」

「いやいや。僕《ぼく》はクラスの女子《じょし》とだって、そんなしゃべんないし」

「……えーと、意味《いみ》わかんないんだけど」

はあ。

僕《ぼく》はまた1つため息《いき》をついて、全《すべ》てを話《はな》すことに決《き》めた。

とりあえず、早《はや》く会話《かいわ》を止《や》めにしたかったのだ。

「僕《ぼく》が降《お》りるのは、4つ先《さき》のA駅《えき》なんだ」

話《はなし》の流《なが》れについて来《こ》られないせいだろう、西田君《にしだくん》の眉間《みけん》にしわが寄《よ》ったが、
僕《ぼく》は構《かま》わずに言葉《ことば》を続《つづ》けた。

「A駅《えき》の近《ちか》くには墓地《ぼち》がある」

「ああ、知《し》ってる。車内《しゃない》からも見《み》えるよな」

「その日《ひ》はいやなことが重《かさ》なってさ。キャラと違《ちが》うんだけど、少《すこ》しイラついてて。学校《がっこう》から帰《かえ》るとき、あそこの墓《はか》を蹴《け》っ飛《と》ばしちゃったんだよね」

「ん？　……ごめん。何《なん》の話《はなし》してんの？」

「だから、英語漬《えいごづ》けになる方法《ほうほう》でしょ？」

「え、うん……」

納得《なっとく》はしていないだろうが、西田君《にしだくん》は小《ちい》さくうなずいた。

「まー、とにかく、やってみればわかるからさ」

僕《ぼく》はそう言《い》うと、西田君《にしだくん》の手《て》からイヤホンを取《と》り返《かえ》して、自分《じぶん》の耳《みみ》に付《つ》けた。

ふー、やっと落《お》ち着《つ》く。

西田君《にしだくん》は要領《ようりょう》を得《え》ないようで、まだ何《なに》か言《い》いたそうにこちらを向《む》いたままだった。

「そうだ……」

僕《ぼく》はイヤホンを外《はず》さずに言《い》った。

「当《あ》たり前《まえ》だけど……外国《がいこく》の人《ひと》の墓《はか》じゃないと意味《いみ》ないから」

horro
death ghost
death scary fear

本当《ほんとう》はこわい真実《しんじつ》の解説《かいせつ》

電車内《でんしゃない》で一緒《いっしょ》になったクラスメート二人《ふたり》が、英語《えいご》の勉強法《べんきょうほう》に関《かん》して、会話《かいわ》しているわ。

語《かた》り手《て》の近藤君《こんどうくん》は西田君《にしだくん》に、英語漬《えいごづ》けになる方法《ほうほう》として、外国《がいこく》の人《ひと》の墓《はか》――つまり、英《えい》語《ご》が書《か》いてある墓《はか》を蹴《け》っ飛《と》ばせと言《い》っている。昔《むかし》から、墓地《ぼち》で遊《あそ》んだり、お墓《はか》にイタズラをすると呪《のろ》われたり、取《と》り憑《つ》かれたりすると言《い》われているし、近藤君《こんどうくん》もお墓《はか》を蹴《け》って、「英語《えいご》をしゃべる幽霊《ゆうれい》」に取《と》り憑《つ》かれてしまったのね。

彼《かれ》が、イヤホンを外《はず》して会話《かいわ》するのをいやがっていたのは、彼《かれ》の耳《みみ》に、途切《とぎ》れること無《な》い幽霊《ゆうれい》の囁《ささや》きが聞《き》こえているからだったのね。

あなたは決《けっ》して、お墓《はか》を蹴《け》るなんてまね、しちゃだめよ。

ケータイだまって見《み》る女《おんな》の人《ひと》、サイテーとか言《い》うけどさ

ドラマや映画《えいが》で、家族《かぞく》や恋人《こいびと》のケータイを見《み》てしまって、よからぬトラブルが起《お》きることがあるわよね。大事《だいじ》な人《ひと》のことを知《し》りたい気持《きも》ちはわかるけど、だまって見《み》るのはいけないことよ！　だけど、今回《こんかい》の語《かた》り手《て》は……？

よくテレビのインタビューとかで、
奥《おく》さんがケータイだまって見《み》てて、ムカつくとか、サイテーとか言《い》うじゃん。
けど、やましいことがあるから、そう思《おも》うんだよね。
まあ、言《い》うまでもないかもしれないけど、
私《わたし》はだんぜん見《み》る派《は》なわけ。
寝《ね》たな、と思《おも》ったら、見《み》る。即《そく》で見《み》ちゃう。
パスワードなんて知《し》ってるもん。
パスワード打《う》ってるときに、気《き》づかれないよーに、うしろから見《み》たから。
今《いま》も、あの人《ひと》おフロ入《はい》ってるから、即《そく》で見《み》ちゃう。
もー毎日《まいにち》やってるから、流《なが》れるような動《うご》きだよ〜。
「他《ほか》の女《おんな》とやりとりしてたら許《ゆる》さない」
「他《ほか》の女《おんな》とやりとりしてたら許《ゆる》さない」

自然《しぜん》と毎回《まいかい》、リズムとって口《くち》ずさんでるよ。
おっと、もうすぐ15分《ふん》か、
おフロ上《あ》がってくる音《おと》がするな。
でも全然大丈夫《ぜんぜんだいじょうぶ》、
私流《わたしなが》れるような動《うご》きしてるから。
メール閉《と》じて、
スマホの画面《がめん》ロックして、
テーブルの上《うえ》に無造作《むぞうさ》に置《お》いて、
押《お》し入《い》れを開《あ》けて、
押《お》し入《い》れを閉《し》めた。

本当《ほんとう》はこわい真実《しんじつ》の解説《かいせつ》

語《かた》り手《て》の女性《じょせい》が、恋人《こいびと》がおフロに入《はい》っている間《あいだ》に、携帯電話《けいたいでんわ》を盗《ぬす》み見《み》て、浮気《うわき》してないか確認《かくにん》しているという話《はなし》……のように読《よ》めるけど、実際《じっさい》は違《ちが》うわよ。

それは、文章《ぶんしょう》の最後《さいご》を読《よ》むとわかる。

彼女《かのじょ》は、おフロから男性《だんせい》が上《あ》がってくることを察知《さっち》すると、携帯電話《けいたいでんわ》を元《もと》に戻《もど》してから、『押《お》し入《い》れを開《あ》けて、押《お》し入《い》れを閉《し》める』という謎《なぞ》の行動《こうどう》を取《と》っている。彼女《かのじょ》は何《なん》のために押《お》し入《い》れを開《あ》け閉《し》めしたか――それは、自分自身《じぶんじしん》が入《はい》るためよ。

つまり、彼女《かのじょ》はおフロに入《はい》っていた男性《だんせい》の、カノジョや奥《おく》さんではなく、押《お》し入《い》れに忍《しの》びこんだ不審者《ふしんしゃ》……。『携帯電話《けいたいでんわ》を盗《ぬす》み見《み》していることを、男性《だんせい》に見《み》られてはいけない』どころか、『自分《じぶん》の姿自体《すがたじたい》を男性《だんせい》に見《み》られてはいけない』人物《じんぶつ》だったのね。こわすぎる！

彼女《かのじょ》は今《いま》も押《お》し入《い》れでつぶやいているでしょうね。

「他《ほか》の女《おんな》とやりとりしてたら許《ゆる》さない。他《ほか》の女《おんな》とやりとりしてたら許《ゆる》さない」って。

少年探偵《しょうねんたんてい》ドイル

　小学生《しょうがくせい》なのに、ものすごい推理力《すいりりょく》をもった少年探偵《しょうねんたんてい》ドイル！　とはいえ子《こ》どもの言《い》うことを警察《けいさつ》に信《しん》じてもらうのは大変《たいへん》……。だからドイルは、麻酔銃《ますいじゅう》を使《つか》って、ダメ探偵《たんてい》のオッチャンを眠《ねむ》らせて、オッチャンの声色《こわいろ》を使《つか》って推理《すいり》を披露《ひろう》するのだ！　さあ、今日《きょう》も推理《すいり》ショーが始《はじ》まるぞ！

「犯人《はんにん》はA子《こ》さん、あなただ！」
気《き》を失《うしな》ったかのように、
おしりからくずおれる形《かたち》でソファーに座《すわ》った探偵《たんてい》は、
下《した》を向《む》いたままそう言《い》った。
しかし、実際《じっさい》にしゃべっているのは、この中年《ちゅうねん》の探偵《たんてい》ではない。
ソファーの後《うし》ろにかくれて、中年探偵《ちゅうねんたんてい》の声色《こわいろ》を使《つか》い、
この事件《じけん》の真相《しんそう》を語《かた》っているのは——そう、
われらが少年探偵《しょうねんたんてい》ドイルだ。
彼《かれ》は人並《ひとな》み外《はず》れた推理力《すいりりょく》をもっているのだが、
子《こ》どもの自分《じぶん》が言《い》っても説得力《せっとくりょく》がないことを自覚《じかく》しており、
麻酔銃《ますいじゅう》を使《つか》って中年探偵《ちゅうねんたんてい》を眠《ねむ》らせ、
自分《じぶん》の代《か》わりに、中年探偵《ちゅうねんたんてい》が真相《しんそう》を語《かた》っているように見《み》せかけているのだ。

少年探偵《しょうねんたんてい》ドイル。
彼《かれ》にかかればどんな難事件《なんじけん》も、
即座《そくざ》にその場《ば》で解決《かいけつ》する。

今日《きょう》の事件《じけん》だって例外《れいがい》ではない。
彼《かれ》が事件《じけん》のトリックを語《かた》り終《お》えたとき、
その場《ば》にいただれもが、言葉《ことば》を失《うしな》って、こう思《おも》ったと言《い》う。

『そんなトリック……実際《じっさい》には、できっこない……』

しかし、
それを聞《き》いた犯人《はんにん》のリアクションは違《ちが》う。
彼女《かのじょ》はがっくりとヒザをつき、
力《ちから》なくうつむいてこう言《い》った。

「そうよ。私《わたし》が殺《や》ったわよ……」

そして彼女《かのじょ》は事件《じけん》の動機《どうき》をとぎれとぎれに語《かた》り出《だ》す。

「あの男《おとこ》が悪《わる》いのよ。あの男《おとこ》が……」

その場《ば》にいただれもが、またしても言葉《ことば》を失《うしな》った。


『そんな……そんなばかげた理由《りゆう》で人《ひと》を殺《あや》めるなんて……』

警察《けいさつ》が自供《じきょう》した犯人《はんにん》を連行《れんこう》し、
タイミングよく目《め》を覚《さ》ました中年探偵《ちゅうねんたんてい》に礼《れい》を言《い》う。
「今回《こんかい》も見事《みごと》な推理《すいり》でしたね！
まさかあんなトリックを使《つか》っていたなんて、
夢《ゆめ》にも思《おも》いませんでした。
犯人《はんにん》があの場《ば》で認《みと》めなければ、
信《しん》じられなかったところです。

さすが名探偵《めいたんてい》！」
何《なに》も覚《おぼ》えていないであろう中年探偵《ちゅうねんたんてい》だが、
「ま、まあ、これくらい朝飯前《あさめしまえ》ですよ！
これからもドンと任《まか》せて下《くだ》さい！」
調子《ちょうし》よく話《はなし》を合《あ》わせ、手柄《てがら》を自分《じぶん》の物《もの》にする。
毎度《まいど》の流《なが》れだった。
少年探偵《しょうねんたんてい》ドイルは、こんなとき毎回思《まいかいおも》うのだ。
「オレが一人《ひとり》でしゃべってるのに、オッチャンは本当《ほんとう》に調子《ちょうし》がいいな」

本当《ほんとう》はこわい真実《しんじつ》の解説《かいせつ》

少年探偵《しょうねんたんてい》ドイルは名探偵《めいたんてい》のようね。

『彼《かれ》にかかればどんな難事件《なんじけん》も、即座《そくざ》にその場《ば》で解決《かいけつ》する』。

でも、そんなこと本当《ほんとう》にできるのかしら？

ドイルにトリックを暴《あば》かれた犯人《はんにん》は、すぐに事件《じけん》の動機《どうき》を語《かた》り出《だ》す。

その自供《じきょう》が決《き》め手《て》となって、即座《そくざ》に逮捕《たいほ》されちゃうわけだけど、犯人《はんにん》が「バカらしい。そんなトリックできるわけない！」って、言《い》い張《は》れば、まだまだ大丈夫《だいじょうぶ》なんじゃって思《おも》わない……？　だって、警察《けいさつ》だって夢《ゆめ》にも思《おも》わないトリックなのよ？　なぜ犯人《はんにん》はすぐに自供《じきょう》してしまうのか？　それは最後《さいご》のドイルの言葉《ことば》を読《よ》めばわかるわ。

「オレが一人《ひとり》でしゃべってるのに、オッチャンは本当《ほんとう》に調子《ちょうし》がいいな」

つまり、オッチャンだけでなく、犯人《はんにん》を麻酔銃《ますいじゅう》で眠《ねむ》らせて、自供《じきょう》もドイルがしゃべっていたのよ。一人《ひとり》で言《い》ってるんだから、どんなに奇想天外《きそうてんがい》なトリックでも、びっくりする動機《どうき》でも、事件《じけん》は即座《そくざ》に解決《かいけつ》するわけね。
※あくまで少年探偵《しょうねんたんてい》ドイルの話《はなし》です。

保険《ほけん》のおばさん

保険《ほけん》とは、入《はい》ってくれたみんなから少《すこ》しずつお金《かね》を集《あつ》めておいて、何《なに》か大《おお》きな事故《じこ》やけが等《など》があったときに助《たす》け合《あ》う仕組《しく》み。でも、だれも入《はい》ってくれなければ成《な》り立《た》たないから、保険会社《ほけんがいしゃ》の人《ひと》は「みんな入《はい》って」って勧誘《かんゆう》するのよね。ほら、この家《いえ》にも、勧誘《かんゆう》が来《き》たみたいよ――？

はぁーあ、
いつも玄関《げんかん》で顔見《かおみ》てから思《おも》い出《だ》すんだよな。
おっちょこちょいというか、
成長《せいちょう》がないというか、
どうして毎回確認《まいかいかくにん》しないで、
ドア開《あ》けちゃうんだろうなあ。
毎月《まいつき》1回《かい》オレの住《す》んでるアパートに保険《ほけん》の勧誘《かんゆう》で来《く》るんだけど、
このおばさん苦手《にがて》なんだよね。
なんか、感《かん》じ悪《わる》いんだよね。
ボサボサの髪《かみ》に、
ヨレヨレの真《ま》っ黒《くろ》な服着《ふくき》てて。
勧誘《かんゆう》の仕事《しごと》って接客業《せっきゃくぎょう》なんだから、

こんな格好《かっこう》でいいのかよって、思《おも》っちゃうよ。
言葉《ことば》は悪《わる》いかもだけど、死神《しにがみ》みたいなんだもん。
しかも、
「あんたの背中《せなか》に悪霊《あくりょう》が憑《つ》いてる」って言《い》って、
生命保険《せいめいほけん》を売《う》りつけようとする。
自分《じぶん》のキャラを使《つか》った上手《うま》い営業方法《えいぎょうほうほう》なんだろうけど、
オレはそれ言《い》われていい気《き》しないんだよね。
そりゃそうでしょ？
悪霊《あくりょう》が憑《つ》いてるなんて……。
それに、悪霊《あくりょう》が憑《つ》いてたからって、
「それじゃあ、万《まん》が一《いち》のために保険入《ほけんはい》っておかなきゃ」ってならないよね？
しかしさー、
今日《きょう》もホントに、
話長《はなしなが》いなー。

なんだかんだで、おばさん、
もう10分以上《ぷんいじょう》も、一人《ひとり》でしゃべってるよ。
間《ま》が無《な》いから、
途中《とちゅう》で会話《かいわ》に割《わ》り込《こ》めないんだよな。
愛想笑《あいそわら》いしかできてねーし。
あー、全《まった》くもォー。
ホントに、
悪霊《あくりょう》なんか憑《つ》いてねーって。
大丈夫《だいじょうぶ》だから、
保険《ほけん》なんか入《はい》んなくても。
つか何回同《なんかいおな》じ話《はなし》すんだよ〜。
くり返《かえ》さなくても、オレ聞《き》こえてるからさ。
本当《ほんとう》、失礼《しつれい》だよ、このおばさん。
面《めん》と向《む》かって、

「悪霊《あくりょう》、悪霊《あくりょう》」って。
もー、
悪霊《あくりょう》じゃないよ。
オレは守護霊《しゅごれい》なんだよ。

本当《ほんとう》はこわい真実《しんじつ》の解説《かいせつ》

個性的《こせいてき》な保険勧誘《ほけんかんゆう》のおばさんと、毎回勧誘《まいかいかんゆう》される気弱《きよわ》な青年《せいねん》の話《はなし》……ではないわ。霊感商法《れいかんしょうほう》のように、「悪霊《あくりょう》が憑《つ》いてる」と言《い》って、保険契約《ほけんけいやく》を結《むす》ぶよう説得《せっとく》するおばさんに対《たい》して、語《かた》り手《て》は「悪霊《あくりょう》なんか憑《つ》いてねーって」と語《かた》っている。

この言葉《ことば》は受《う》け手《て》のとり方次第《かたしだい》で、別《べつ》の2つの意味《いみ》を持《も》つわ。

1つは、『悪霊《あくりょう》が取《と》り憑《つ》いていない』という意味《いみ》。

もう1つは、『取《と》り憑《つ》いている霊《れい》は悪《わる》い霊《れい》ではない』という意味《いみ》よ。

この話《はなし》の中《なか》では後者《こうしゃ》が正《ただ》しい意味《いみ》。最後《さいご》の『オレは守護霊《しゅごれい》なんだよ』という言葉《ことば》から、それは明《あき》らかね。つまり、語《かた》り手自身《てじしん》が、このアパートの住人《じゅうにん》に取《と》り憑《つ》いている霊《れい》そのものだったのね。

語《かた》り手《て》がおばさんに対《たい》して、『失礼《しつれい》だ』『感《かん》じが悪《わる》い』とくり返《かえ》し言《い》っているのは、面《めん》と向《む》かって自分《じぶん》のことを、悪霊呼《あくりょうよ》ばわりしてくることが原因《げんいん》だったわけね。

相性診断《あいしょうしんだん》アプリ

スマートフォンなどにインストールして使《つか》う、アプリ。ゲームができたり、メッセージがやりとりできたり、いろんなものがあるけれど、今回《こんかい》の語《かた》り手《て》のまわりでは、すごく当《あ》たるとうわさの相性診断《あいしょうしんだん》アプリがはやっているみたいよ。

最近人気《さいきんにんき》の相性診断《あいしょうしんだん》アプリは恐《おそ》ろしい。
的中率《てきちゅうりつ》が異常《いじょう》に高《たか》いのだ。
若《わか》い男女《だんじょ》はみんな、このアプリを使《つか》って恋人《こいびと》を作《つく》っている。
困《こま》ったのは、占《うらな》い師《し》だ。
彼《かれ》らの多《おお》くは仕事《しごと》を変《か》えなくてはいけなくなるだろう。
……かく言《い》う私《わたし》も他人事《ひとごと》ではなかった。
「やっぱり、お金《かね》は用意《ようい》できません。あの……ごめんなさい」
彼女《かのじょ》はそう言《い》うと、そそくさと店《みせ》をあとにした。
一人残《ひとりのこ》されたカフェの店内《てんない》で、
私《わたし》は「E判定《はんてい》」と表示《ひょうじ》されたスマホの画面《がめん》を見《み》てうなだれていた。

私《わたし》は結婚《けっこん》サギ師《し》だった。

その手口《てぐち》はこうだ。

結婚《けっこん》したい女《おんな》の人《ひと》に、その気《き》もないのに「結婚《けっこん》する」とうそをついて信用《しんよう》させ、「家具《かぐ》インテリアの輸入業《ゆにゅうぎょう》に失敗《しっぱい》して、お金《かね》がいるんだ」とか、「ご両親《りょうしん》にあいさつに行《い》きたいけど、スーツがない」とか言《い》って、お金《かね》をだましとったり、物《もの》を買《か》わせたりするわけだ。

私《わたし》は、同《おな》じサギ師仲間《しなかま》の中《なか》で、少《すこ》しは名《な》の知《し》れた存在《そんざい》だったが、このアプリが世《よ》に広《ひろ》まってからは連敗続《れんぱいつづ》きだった。

アプリの下《くだ》す判定《はんてい》は正《ただ》しい。

私《わたし》がターゲットにした女性《じょせい》との相性《あいしょう》は、すべて最低《さいてい》ランクの「E判定《はんてい》」になるのだ。

どんな仕組《しく》みになっているかは、全《まった》く見当《けんとう》がつかないが、サギ師《し》と相性《あいしょう》が良《い》い女性《じょせい》なんて、この世《よ》に存在《そんざい》しないだろう。

急《きゅう》に予定《よてい》がなくなり、何《なに》かで時間《じかん》をつぶす必要《ひつよう》ができた私《わたし》は、カフェを出《で》ると近《ちか》くの書店《しょてん》に立《た》ち寄《よ》った。

何気《なにげ》なく書棚《しょだな》に視線《しせん》を向《む》け、自分《じぶん》の好《す》きな作家《さっか》の本《ほん》に手《て》を伸《の》ばした。

「……っ」

そのとき、私《わたし》の手《て》の甲《こう》に、女性《じょせい》の手《て》が重《かさ》なった。

「あっ、ごめんなさい」

声《こえ》のする方《ほう》に顔《かお》を向《む》けた私《わたし》は、そのまま固《かた》まった。

舌先三寸《したさきさんずん》で、女性《じょせい》を手玉《てだま》に取《と》ることを生業《なりわい》としてきた私《わたし》だったが、
一瞬《いっしゅん》、頭《あたま》が真《ま》っ白《しろ》になってしまったのだ。

「こんなことって、ホントにあるんですね」

そう言《い》ってくったくのない笑顔《えがお》を見《み》せたのは、とても可愛《かわい》らしい女性《じょせい》だった。

ピンクゴールドのイヤリングがキラキラとゆれる。

「……そ、そうですね」

なんてつまらない返事《へんじ》をしたものだと自分《じぶん》では思《おも》ったが、彼女《かのじょ》は気《き》にしない様子《ようす》で、

「夏目乱歩《なつめらんぽ》、好《す》きなんですか？」

と続《つづ》けた。

重《かさ》ねた手《て》の下《した》にあった本《ほん》の作者《さくしゃ》だ。

「……そ、そうですね」

なんとかそれだけ返《かえ》した。緊張《きんちょう》でうまくしゃべれないなんて初《はじ》めてだった。

これが一目《ひとめ》ぼれというやつなのかもしれない。

私《わたし》はなんとか本《ほん》の話題《わだい》で場《ば》をつなぎ、連絡先《れんらくさき》を聞《き》き出《だ》した。

初《はじ》めて、本気《ほんき》でまた会《あ》いたいと思《おも》ったのだ。

その後《ご》、食事《しょくじ》の誘《さそ》いを受《う》けてくれたときは、天《てん》にものぼる気持《きも》ちだった。

少女《しょうじょ》マンガのような、ドラマチックな出会《であ》いに助《たす》けられた部分《ぶぶん》も大《おお》きかったと思《おも》う。

レストランでの会話《かいわ》は盛《も》り上《あ》がり、

食事《しょくじ》がすむまでは全《すべ》てが順調《じゅんちょう》だった。

だが、カタラーナというプリンのようなデザートの写真《しゃしん》を楽《たの》しそうに何枚《なんまい》か撮《と》ったあと、

彼女《かのじょ》はついにあの話題《わだい》を口《くち》に出《だ》した。

つまり、相性診断《あいしょうしんだん》アプリの話題《わだい》だ。

「試《ため》してみましょうよー」

スプーンをくわえた彼女《かのじょ》は、自分《じぶん》のスマホをゆらして見《み》せた。

クマやウサギのストラップが一緒《いっしょ》になってゆれる。

「こんなもので、本当《ほんとう》に相性《あいしょう》が判定《はんてい》できるなんて、信用《しんよう》してないけどね……」

そう言《い》って、ため息《いき》を1つ吐《つ》いた私《わたし》は、人差《ひとさ》し指《ゆび》を彼女《かのじょ》のスマホの画面《がめん》にのせた。

彼女《かのじょ》も同《おな》じように指《ゆび》をのせる。

すると、二人《ふたり》の指先《ゆびさき》からお互《たが》いに対《たい》して、赤《あか》い線《せん》が伸《の》び、重《かさ》なったタイミングで、画面《がめん》全体《ぜんたい》が白《しろ》く光《ひか》った。

一瞬《いっしゅん》置《お》いて、画面《がめん》に表示《ひょうじ》されたのは「S判定《はんてい》」という文字《もじ》と、小《ち》さなエンジェルたちが祝福《しゅくふく》のラッパを吹《ふ》き鳴《な》らすアニメーションだった。

「やった」

そう小《ちい》さく声《こえ》に出《だ》してしまった。

私《わたし》は彼女《かのじょ》をだまそうとしていなかった。

サギ師《し》ではなく、一人《ひとり》の男《おとこ》として彼女《かのじょ》に接《せっ》していた。

多分《たぶん》、それが良《よ》かったのだろう。

ホントにこのアプリの精度《せいど》は素晴《すば》らしい。

私《わたし》は、テンション高《たか》めに切《き》り出《だ》した。

「初《はじ》めてですよ。S判定《はんてい》ってこんなアニメーションが……。

今《いま》までE判定《はんてい》しか見《み》たことなかったのに！」

しかし、彼女《かのじょ》は私《わたし》の言葉《ことば》を冷静《れいせい》にさえぎった。

「山村《やまむら》さんは、何《なん》の仕事《しごと》をなさっているんでしたっけ？」

私《わたし》は驚《おどろ》いて顔《かお》を上《あ》げた。

それまでのふんわりと優《やさ》しげな雰囲気《ふんいき》と打《う》って変《か》わり、
彼女《かのじょ》の表情《ひょうじょう》はどこかけわしく見《み》えた。

「家具《かぐ》インテリアの輸入業《ゆにゅうぎょう》ですが……」

とっさに、言《い》い慣《な》れたうそをついてしまった。

彼女《かのじょ》の視線《しせん》がよりけわしくなる。

「……失礼《しつれい》ですが、それは本当《ほんとう》ですか？」

「……ど、どうしたんですか？」

彼女《かのじょ》は持《も》っていたスプーンをカタラーナにザクッと突《つ》き刺《さ》すと、一拍置《いっぱくお》いてから口《くち》を開《ひら》いた。

「気《き》を悪《わる》くしないでほしいんですが、以前《いぜん》にも同《おな》じことがあったんです。私《わたし》の、先輩《せんぱい》の話《はなし》なのですが……」

彼女《かのじょ》は小《ちい》さなピンクベージュのハンドバッグから、不釣《ふつ》り合《あ》いな黒《くろ》い革《かわ》の手帳《てちょう》を取《と》り出《だ》して見《み》せた。

「これが私《わたし》の仕事《しごと》なんです」

私《わたし》はつばをのみこんだ。

エンジェルは、まだラッパを吹《ふ》き鳴《な》らしている。

なるほど。

ホントにこのアプリの精度《せいど》は素晴《すば》らしい。

確《たし》かに相性《あいしょう》バッチリだ。

本当《ほんとう》はこわい真実《しんじつ》の解説《かいせつ》

結婚《けっこん》サギ師《し》の男性《だんせい》が、運命的《うんめいてき》に出会《であ》った女性《じょせい》に恋《こい》をする話《はなし》ね。

彼《かれ》らは、小説《しょうせつ》の趣味《しゅみ》も合《あ》うようだし、順調《じゅんちょう》に恋《こい》を育《はぐく》んでいけそうね。なんと言《い》っても、相性診断《あいしょうしんだん》アプリで「S判定《はんてい》」が出《で》たのだから、何《なに》も問題《もんだい》はない……わけではなさそうよ。彼女《かのじょ》は黒《くろ》い革《かわ》の手帳《てちょう》を取《と》り出《だ》し、「これが私《わたし》の仕事《しごと》なんです」と言《い》っている。手帳《てちょう》を見《み》せて、身分《みぶん》を明《あ》かすといえば……？

つまり、彼女《かのじょ》が見《み》せたのは「警察手帳《けいさつてちょう》」だったのよ。

男《おとこ》は、女性《じょせい》と出会《であ》う前《まえ》に、「サギ師《し》と相性《あいしょう》が良《い》い女性《じょせい》なんて、この世《よ》に存在《そんざい》しないだろう」と言《い》っていたけれど、実際《じっさい》には存在《そんざい》したようね。

彼《かれ》の気持《きも》ちはさて置《お》き、犯罪者《はんざいしゃ》が出会《であ》うべき相手《あいて》は「警察官《けいさつかん》」である。アプリはそう判断《はんだん》したようよ。

一番奥《いちばんおく》のチョコレート

2月《がつ》 14日《か》はバレンタイン。好《す》きな人《ひと》からチョコレートがもらえるか、男子《だんし》はドキドキする日《ひ》よね。さてさて、そんなバレンタインの帰《かえ》り道《みち》、モテモテのB君《くん》と、その友人《ゆうじん》のA君《くん》が、今日《きょう》の成果《せいか》について話《はな》しているみたいだけど……？

A「何個《なんこ》入《はい》ってんの？」

B「9個《こ》かな」

A「やっぱモテるな」

B「……そんなことないよ」

A「オレなんか0ですよ」

B「(カバンから包装《ほうそう》された箱《はこ》を出《だ》して、Aに差《さ》し出《だ》す）ほら」

A「……いや、お前《まえ》。それはないだろ。渡《わた》した子《こ》かわいそうだよ」

B「ちげーよ。オレからだよ」

A「……は!? なっ、何言《なにい》ってんだよ」

B「ははは。冗談《じょうだん》だよ。C子《こ》から渡《わた》しておいてって」

A「なんだ。そーいうことか、やっぱ優《やさ》しいなC子《こ》は」

B「そーかな。みんなに好《す》かれたいだけだと思《おも》うけど」

A「さすが幼《おさな》なじみ。オレは内面《ないめん》わかってますよ発言《はつげん》」
B「……悪《わる》い？」
A「いや、別《べつ》に悪《わる》くねーよ。実際《じっさい》、幼稚園《ようちえん》からだっけ？　一緒《いっしょ》なわけだし」
B「でも、好《す》きなんじゃないの？　C子《こ》のこと」
A「え、……何《なに》それ。今《いま》、言《い》った方《ほう》がいいこと？」
B「……いや。ごめん。なんとなく流《なが》れで」
A「……うー、オレって、そんな態度《たいど》に出《で》るタイプ？」
B「いやいや。まー、オレがさ。『内面《ないめん》わかってますよ発言《はつげん》』しちゃうタイプだから」
A「ふっ。なるほどね。確《たし》かに」
B「『確《たし》かに』じゃねーよ」
Aと一緒《いっしょ》に笑《わら》いながらもBは、友達《ともだち》がライバルになってしまったことを確信《かくしん》していた。
Bは家《いえ》に帰《かえ》り、カバンの一番奥《いちばんおく》からチョコを1つ取《と》り出《だ》し、それをゴミ箱《ばこ》に捨《す》てた。

本《ほん》当《とう》はこわい真《しん》実《じつ》の解《かい》説《せつ》

　B君《くん》は、A君《くん》がC子《こ》のことを好《す》きだと知《し》って、『友達《ともだち》がライバルになってしまった』と確信《かくしん》した――。ってことは、B君《くん》もC子《こ》のことが好《す》き……？　いいえ、真実《しんじつ》はちがう。実《じつ》はね、B君《くん》が好《す》きなのは『A君《くん》』で、友達《ともだち》のC子《こ》が自分《じぶん》のライバルになってしまったのよ。そうでなければ、最後《さいご》の行動《こうどう》の説明《せつめい》がつかないもの。

　別《べつ》におかしくないでしょ？　だって、好《す》きになる相手《あいて》が異性《いせい》とはかぎらない。

　B君《くん》が最後《さいご》に捨《す》てたチョコというのは、きっとA君《くん》に渡《わた》すために用意《ようい》したチョコ。カバンの一番奥《いちばんおく》に入《はい》っていたということは、他《ほか》の人《ひと》からチョコをもらう前《まえ》にカバンに入《い》れていた証拠《しょうこ》だもの。途中《とちゅう》で、C子《こ》のチョコを「オレからだよ」と言《い》って、A君《くん》の反応《はんのう》をうかがっていたりするし……。

「本当《ほんとう》はこわい話《はなし》」というか、なんだか切《せつ》ないお話《はなし》ね。

ループ

ループは英語《えいご》で、輪《わ》っか、という意味《いみ》よ。輪《わ》っかには始《はじ》まりと終《お》わりがないわよね。だから、何度《なんど》も同《おな》じところをぐるぐるまわって、くり返《かえ》すことを、ループする、とも言《い》うのよ。

その青年《せいねん》は首《くび》を横《よこ》にふると、少《すこ》し悲《かな》しげな表情《ひょうじょう》を浮《う》かべ、

「優子《ゆうこ》さん」

と、わたしの名前《なまえ》をつぶやいた。

そして彼《かれ》は続《つづ》けて、

「どうしてわたしの名前《なまえ》を？」

と言《い》った。

わたしは驚《おどろ》いた。

彼《かれ》が口《くち》に出《だ》した言葉《ことば》が、今《いま》、わたしの頭《あたま》に浮《う》かんだ言葉《ことば》と、一言一句《いちごんいっく》違《たが》わず、全《まった》く同《おな》じだったからだ。

「あなたはいつも、初対面《しょたいめん》の僕《ぼく》に対《たい》して、同《おな》じことを言《い》うんです」

彼《かれ》の言葉《ことば》の意味《いみ》がわからず、キョトンとしたわたしに対《たい》して、
彼《かれ》はニッコリと優《やさ》しく微笑《ほほえ》んでみせた。

「ループ……、
つまり、僕《ぼく》はくり返《かえ》しているんです。
この瞬間《しゅんかん》を、
何度《なんど》も。
何度《なんど》も。
あなたにとっては初《はじ》めてのことだとしても。
いえ、あなただけじゃない……」

そう言《い》うと彼《かれ》は、私《わたし》に顔《かお》を近《ちか》づけ、それから窓《まど》の方《ほう》を指差《ゆびさ》した。
「窓辺《まどべ》に座《すわ》り紅茶《こうちゃ》を口《くち》に運《はこ》ぶ女性《じょせい》も、
そこで、テレビを眺《なが》めている男性《だんせい》も、
今《いま》を、初《はじ》めての『今《いま》』として過《す》ごしている。
でも、僕《ぼく》にはあるんです、
この瞬間《しゅんかん》を、何度《なんど》もくり返《かえ》している記憶《きおく》が。

僕《ぼく》にとって今《いま》は、何度目《なんどめ》かの『今《いま》』なんです」

話《はなし》は簡単《かんたん》に信《しん》じられるものではなかった。
反論《はんろん》をしようとしたわたしだったが、
彼《かれ》の顔《かお》が近《ちか》くにあり、気恥《きは》ずかしくて、うなずくことしかできなかった。
「何度見《なんどみ》ても、かわいいリアクションですね」
そんなことを言《い》われて、余計《よけい》に顔《かお》が赤《あか》くなるのが、自分《じぶん》でもわかったので、
わたしは急《いそ》いで彼《かれ》から視線《しせん》を外《はず》した。

「その表情《ひょうじょう》を見《み》るのだって、
僕《ぼく》にはもう何度目《なんどめ》か……」
彼《かれ》は少《すこ》しうつむいていた。
「あなたにとっての僕《ぼく》は、
だれともわからない、

初対面《しょたいめん》の人間《にんげん》に過《す》ぎない……。

だとしても、

僕《ぼく》にとっての、あなたは違《ちが》う。

僕達《ぼくたち》は何度《なんど》も出会《であ》っているんです。

この部屋《へや》で。

何度《なんど》も。

何度《なんど》も。

会話《かいわ》だってたくさんしているんです。

僕《ぼく》はあなたのことなら、たいていのことは知《し》っているんですよ。

どこで生《う》まれたのか。

好《す》きな食《た》べ物《もの》は何《なに》か。

学校《がっこう》では美術《びじゅつ》が得意《とくい》だったこと。

そうそう、

初恋《はつこい》の相手《あいて》まで知《し》っているんですよ。

小学生《しょうがくせい》のときに同《おな》じクラスだった、とても背《せ》の高《たか》い少年《しょうねん》。
名前《なまえ》はケンヤ君《くん》」
「……ケンヤ君《くん》」
そうつぶやいたわたしは、
彼《かれ》が話《はな》していることが、本当《ほんとう》のことであると確信《かくしん》した。
わたしの初恋《はつこい》の相手《あいて》なんて、
わたし自身《じしん》がしゃべったのでなければ、伝《つた》わりようがない情報《じょうほう》だったからだ。
「本当《ほんとう》に……」
わたし達《たち》は、何度《なんど》も会《あ》っているのね」
そう言《い》ったわたしに、彼《かれ》は笑顔《えがお》でうなずいた。
「よかった。信《しん》じてくれて」
それから彼《かれ》は、
わたしの手《て》をそっとにぎると、
まっすぐにわたしの目《め》を見《み》て言《い》った。

「……僕《ぼく》がこれから言《い》うことを、
信《しん》じてほしいんです。
信《しん》じたくもないことだと思《おも》いますが、
でも、
これは、
真実《しんじつ》なんです……」
わたしは、
ゆっくりと深《ふか》くうなずいた。
彼《かれ》から聞《き》く言葉《ことば》なら、
それがどんな真実《しんじつ》でも受《う》け入《い》れよう。
そう思《おも》ったからだ。
でも、実際《じっさい》に聞《き》いた彼《かれ》の話《はなし》は、
わたしの想像《そうぞう》を遥《はる》かに超《こ》えていて、
到底《とうてい》わたしには、受《う》け入《い》れることはできないものだった……。

彼《かれ》は、わたしにこう言《い》ったのだ。

「優子《ゆうこ》さん……

夕飯《ゆうはん》は、

もうさっき食《た》べたでしょ」

本《ほん》当《とう》はこわい真《しん》実《じつ》の解《かい》説《せつ》

「優子《ゆうこ》さん……夕飯《ゆうはん》は、もうさっき食《た》べたでしょ」からわかるように、語《かた》り手《て》の女性《じょせい》（優《ゆう》子《こ》さん）は、記憶《きおく》があいまいになってしまう年齢《ねんれい》のよう。

つまり、ここは老人《ろうじん》ホームで、語《かた》り手《て》に親《した》しげに話《はな》しかける青年《せいねん》はヘルパーさん。

彼《かれ》が口《くち》にした『ループ』とは、彼自身《かれじしん》が同《おな》じ時間《じかん》をくり返《かえ》し『ループ』している現象《げんしょう》ではなく、まわりの人《ひと》の方《ほう》が何度《なんど》も記憶《きおく》を失《うしな》うことで、『ループ』をしている現象《げんしょう》。ということだったのね。

姉《あね》とイタコ

死《し》んでしまった人《ひと》の言葉《ことば》はもう聞《き》くことができないけれど、イタコにお願《ねが》いすると可能《かのう》になるかも？　イタコというのは、死者《ししゃ》の魂《たましい》をあの世《よ》から呼《よ》びもどし、自分《じぶん》に憑依《ひょうい》させて、死者《ししゃ》の声《こえ》を届《とど》ける人《ひと》のことよ。

昨日《きのう》うちの姉《ねえ》ちゃんとさ、
すごい霊能力《れいのうりょく》を持《も》ってるってうわさのイタコのところに行《い》ったんだ。
で、姉《ねえ》ちゃんが、
「彼《かれ》はなんで自殺《じさつ》なんかしたんですか？」って聞《き》いたら、
そのイタコ、
「覚《おぼ》えてない」って言《い》うんだぜ？
ガッカリしたよ。
そんなわけないじゃん？
自分《じぶん》が死《し》んだ理由《りゆう》をだよ？
覚《おぼ》えてないってさー、
忘《わす》れる人《ひと》なんているか？　フツーに考《かんが》えてさ。
要《よう》するに、あのイタコは霊能力《れいのうりょく》なんて持《も》ってないんだよ。

まったく、あれで結構《けっこう》な金《かね》を取《と》るわけだから、
ふざけてるよ！
姉《ねえ》ちゃんには言《い》ったんだよ、散々《さんざん》。
「金《かね》の無駄《むだ》だからやめておけ」って、
「どーせ、霊能力者《れいのうりょくしゃ》なんてインチキだ」って。
でも聞《き》く耳持《みみも》たないんだよ。
昔《むかし》はオレの言《い》うことなら、
結構《けっこう》なんでも聞《き》いてくれる優《やさ》しい姉《あね》だったんだけどね。
変《か》わっちゃったなあ〜。……なんてね、冗談《じょうだん》だよ。
わかってるよ。
今《いま》でも、
姉《ねえ》ちゃんが全然《ぜんぜん》変《か》わっていないのは。

本当《ほんとう》はこわい真実《しんじつ》の解説《かいせつ》

語《かた》り手《て》の姉《あね》はイタコに頼《たの》んで、自殺《じさつ》した知人《ちじん》が死《し》んだ理由《りゆう》を聞《き》こうとしているわ。

自殺《じさつ》した知人《ちじん》とはだれのことだったのかしら？

これは、語《かた》り手《て》が何度《なんど》も姉《あね》に語《かた》りかけているのに、聞《き》く耳《みみ》を持《も》ってもらえなかったことからわかる。

つまり、語《かた》り手《て》の声《こえ》は姉《あね》に届《とど》いていない――。

自殺《じさつ》したのは語《かた》り手自身《てじしん》であり、弟《おとうと》が死《し》んだ理由《りゆう》を知《し》るために、彼女《かのじょ》はイタコを介《かい》して、弟《おとうと》の声《こえ》を聞《き》こうとしたわけよ。

なぜなら彼女《かのじょ》は、昔《むかし》からずっと変《か》わらずに、『優《やさ》しい姉《あね》』なのだから……。

はじめてのおかいもの

小《ちい》さい子《こ》がはじめておかいものにいく様子《ようす》を追《お》ったテレビ番組《ばんぐみ》を見《み》たことがある？　小《ちい》さい子《こ》が一人《ひとり》で、お母《かあ》さんに頼《たの》まれた用事《ようじ》をこなすまでを、カメラマンたちがこっそり撮影《さつえい》するのよね。だれかが頑張《がんば》ってる姿《すがた》には、思《おも》わず感動《かんどう》しちゃうわよね。

テレビには男《おとこ》の子《こ》が映《うつ》っている。小学校低学年《しょうがっこうていがくねん》くらいのその子《こ》は、スーパーの店内《てんない》で、身《み》の丈《たけ》に合《あ》わない大《おお》きな買《か》い物《もの》カゴを持《も》って、ウロウロしている。大人《おとな》が見《み》ると信《しん》じられないことだが、かなり近《ちか》くからカメラマンが撮影《さつえい》しているのに、彼《かれ》はそのことに気付《きづ》いていないようだ。カメラマンは店員《てんいん》かのように聞《き》く。

「何《なに》を買《か》いに来《き》たんですか？」

男《おとこ》の子《こ》は母親《ははおや》から渡《わた》されたメモをポケットから取《と》り出《だ》す。

「うんとね。トマトとね。マヨネーズとね。あとねー」

「トマトはあっちの方《ほう》だね」

カメラマンが指差《ゆびさ》す方向《ほうこう》に、男《おとこ》の子《こ》は駆《か》けて行《い》く。

画面《がめん》が切《き》り替《か》わり、レジで会計《かいけい》をする男《おとこ》の子《こ》が映《うつ》った。

ちゃんとお金《かね》を払《はら》い、おつりを受《う》け取《と》れた男《おとこ》の子《こ》は、どこかほこらしげな顔《かお》をしている。

また画面《がめん》が切《き》り替《か》わる。帰《かえ》り道《みち》のようだ。

行《い》きと違《ちが》って荷物《にもつ》があるせいか、男《おとこ》の子《こ》の足取《あしど》りが重《おも》い。
少《すこ》し歩《ある》いては、道《みち》に座《すわ》る、という行動《こうどう》をくり返《かえ》している。
ソファーに座《すわ》り、テレビを見《み》ている女性《じょせい》は肩《かた》をふるわせて泣《な》いている。
となりに座《すわ》っている男性《だんせい》は涙《なみだ》をこらえている。
テレビの中《なか》の男《おとこ》の子《こ》は、座《すわ》ったままで、歩《ある》かなくなってしまった。
「疲《つか》れたよー」と独《ひと》り言《ごと》を言《い》っている。
せまい道《みち》だったので、座《すわ》っている男《おとこ》の子《こ》は、通行人《つうこうにん》のじゃまになっている。
再《ふたた》びカメラマンが彼《かれ》に声《こえ》を掛《か》ける。
「疲《つか》れたんならオジさんの車《くるま》に乗《の》りなよ」
男《おとこ》の子《こ》が車《くるま》に乗《の》る様子《ようす》がテレビに映《うつ》る。
そこで映像《えいぞう》が切《き》れ、テレビ画面《がめん》は真《ま》っ暗《くら》になった。
デッキからＤＶＤが吐《は》き出《だ》される。
涙《なみだ》をこらえていた男性《だんせい》は、耳元《みみもと》に当《あ》てた携帯電話《けいたいでんわ》を持《も》ち直《なお》して言《い》った。
「１０００万振《まんふ》り込《こ》みます」

本当《ほんとう》はこわい真実《しんじつ》の解説《かいせつ》

はじめてのおかいものに挑戦《ちょうせん》する男《おとこ》の子《こ》が、テレビに映《うつ》ってるわ。

ソファーに座《すわ》る男女《だんじょ》は、その様子《ようす》を撮影《さつえい》した番組《ばんぐみ》を見《み》て、感動《かんどう》している……わけではなさそう。

彼《かれ》らが見《み》ているのは、テレビ番組《ばんぐみ》ではなくDVD。そして、男性《だんせい》が最後《さいご》に言《い》った「1000万振《まんふ》り込《こ》みます」という言葉《ことば》から、彼《かれ》らが、誘拐事件《ゆうかいじけん》の被害者《ひがいしゃ》であることがわかる。

つまり、テレビに映《うつ》っていた男《おとこ》の子《こ》は、ソファーに座《すわ》る男女《だんじょ》の子《こ》どもであり、テレビ内《ない》で男《おとこ》の子《こ》を撮影《さつえい》していたカメラマンは、誘拐犯《ゆうかいはん》だったのね。

見《み》ていたDVDは、犯人《はんにん》が子《こ》どもを誘拐《ゆうかい》した証拠《しょうこ》として、夫婦《ふうふ》に送《おく》りつけたDVDだったのよ。

マザコン

マザコンって呼《よ》ばれる人《ひと》は、お母《かあ》さんのことが大好《だいす》きすぎて、大人《おとな》になってもお母《かあ》さんの言《い》いなりになっちゃうことが多《おお》いみたい。お母《かあ》さんのことを好《す》きなのは悪《わる》いことじゃないと思《おも》うけれど、今回《こんかい》の語《かた》り手《て》は、マザコンの旦那《だんな》さんにちょっと困《こま》っているみたい……？

昼食《ちゅうしょく》に使《つか》った食器《しょっき》を洗《あら》っているところだった。
チャイムが鳴《な》ったので、私《わたし》は手《て》についた泡《あわ》を水《みず》で落《お》とす。
玄関《げんかん》を開《あ》けた私《わたし》は「お義母《かあ》さん……」と言《い》って、
それから白々《しらじら》しく「……どうしたんですか？」と続《つづ》けた。
頭《あたま》が回転《かいてん》する。
用件《ようけん》はわかっていた。
お義母《かあ》さんが口《くち》を開《ひら》く。
「……あの子《こ》から電話《でんわ》があって、もう私《わたし》の言《い》うことは聞《き》かないって」
それは……昨晩《さくばん》のことが原因《げんいん》だ。

――彼《かれ》は視線《しせん》をテレビに向《む》けたまま、「あのさ」と切《き》り出《だ》した。

私《わたし》はすぐにしょうゆ瓶《びん》を手《て》に取《と》った。

秋刀魚《さんま》がうす味《あじ》だったので、催促《さいそく》されると思《おも》ったからだ。

しかし、違《ちが》った。

「来年《らいねん》から海外赴任《かいがいふにん》することになったから」

彼《かれ》の言葉《ことば》に、私《わたし》の時間《じかん》は止《と》まった。しょうゆ瓶《びん》は宙《ちゅう》に浮《う》いたままだった。

「……はい？」

聞《き》くと、彼《かれ》の会社《かいしゃ》が海外《かいがい》にも進出《しんしゅつ》することになって、
そちらで働《はたら》くスタッフとして、語学《ごがく》に堪能《たんのう》な彼《かれ》にも白羽《しらは》の矢《や》が立《た》ったらしい。

私《わたし》は初耳《はつみみ》だったが、会社《かいしゃ》からはかなり前《まえ》から聞《き》かされていた話《はなし》のようだ。

「治安《ちあん》とか心配《しんぱい》だし迷《まよ》ったんだけど、母《かあ》さんが出世《しゅっせ》のチャンスだって言《い》うからさ」

彼《かれ》の口《くち》ぶりはたんたんとしたもので、この話《はなし》の目的《もくてき》が『相談《そうだん》』ではなく、決定事項《けっていじこう》の『伝達《でんたつ》』であるということが、よくわかった。

「選《えら》ばれたのは光栄《こうえい》なことだしさ。同期《どうき》の中《なか》では……」

言葉《ことば》は聞《き》こえていたが、頭《あたま》が受《う》け付《つ》けなかった。

「料理《りょうり》はまああらしいし。母《かあ》さんも旅行《りょこう》で…」

「……」

ガンッ！

しょうゆ瓶《びん》の底《そこ》が、テーブルを強《つよ》く打《う》ち付《つ》けた。

それは、私《わたし》の積年《せきねん》の不満《ふまん》に火《ひ》が点《つ》いた、言《い》うなれば爆発音《ばくはつおん》のようなものだった。

「私《わたし》の仕事《しごと》は？」

声《こえ》に怒《いか》りの感情《かんじょう》が乗《の》っていたのだろう。

「えっ？」

彼《かれ》はテレビから視線《しせん》を切《き》って、私《わたし》の方《ほう》に顔《かお》を向《む》けた。

「……私《わたし》だって働《はたら》いているのよ」

「……えっ？　ああ、そうだよね、えっと……」

彼《かれ》は『驚《おどろ》き』の表情《ひょうじょう》を浮《う》かべていた。

お見合《みあ》い結婚《けっこん》だった私達《わたしたち》は、短《みじか》かった交際期間《こうさいきかん》もふくめ、ほとんどケンカらしいケンカというものをしたことがなかった。

しかし、

私《わたし》にだって感情《かんじょう》はある。

「……もしカナがいやだって言《い》うなら、単身赴任《たんしんふにん》も希望《きぼう》できると思《おも》うよ……」

「いやだとかそういうレベルの話《はなし》じゃないわよ。なんで早《はや》く相談《そうだん》してくれなかったの？　それに子《こ》どもだって……来年《らいねん》になったら考《かんが》えようって言《い》ってたじゃない」

「いや、それは母《かあ》さんがね……」

わざとだろうか？

さらに燃料《ねんりょう》を投下《とうか》された私《わたし》は、彼《かれ》にまくしたてた。

「大体《だいたい》、いっつもいっつも、母《かあ》さん、母《かあ》さん！

二言目《ふたことめ》には、母《かあ》さん、母《かあ》さん!!　あなた一体何歳《いったいなんさい》なのよ」

彼《かれ》はお義母《かあ》さんの意向《いこう》に添《そ》って行動《こうどう》すれば、全《すべ》てが丸《まる》く収《おさ》まると、本気《ほんき》で考《かんが》えているようだった。

1年前《ねんまえ》だってそうだ。

忘《わす》れもしない。忘《わす》れられるはずもない。

「私《わたし》が着《き》たウエディングドレスだって……」

怒《いか》りがあふれてくる。

「あなたのお義母《かあ》さんが選《えら》んだのよ。おかしいと思《おも》わないの？

それで良《い》いと本気《ほんき》で思《おも》ったの？」

彼《かれ》は口《くち》を小《ちい》さくパクパクと動《うご》かしていたが、何《なに》も言《い》わずだまってしまった。

「もう少《すこ》し自分《じぶん》で考《かんが》えなさいよ……」

それから最後《さいご》に、

「……このマザコン」

と言《い》って締《し》めくくろうかと思《おも》ったが、さすがにそれは自制《じせい》した。

代《か》わりに、

「…そのライオン柄《がら》のパジャマだってそうよ。自分《じぶん》で似合《にあ》ってると思《おも》ってるの？」

私《わたし》はイヤミったらしく、そう言《い》った。

新婚夫婦《しんこんふうふ》のあたたかい食卓《しょくたく》から聞《き》こえるのは、テレビから流《なが》れるかわいた笑《わら》い声《ごえ》と、
私《わたし》がみそ汁《しる》をすするズルズル音《おん》だけになった。

「……フ、フフフ、ハハハッハ」

しばらく押《お》しだまっていた彼《かれ》が突然笑《とつぜんわら》い出《だ》し、
私《わたし》は彼《かれ》がどうにかなってしまったのかと思《おも》った。

「そうだよね。フフフ、実《じつ》はオレもずっと思《おも》ってたんだ」

そう言《い》って立《た》ち上《あ》がると、彼《かれ》は寝室《しんしつ》に向《む》かい服《ふく》を着替《きが》えて戻《もど》ってきた。

私《わたし》が買《か》った紺色《こんいろ》の無地《むじ》のパジャマだ。

「こっちの方《ほう》がいいよね」

私《わたし》がだまってうなずくと、彼《かれ》はニッコリと微笑《ほほえ》んだ。

「これからはさ。

自分《じぶん》の気《き》に入《い》っていない、母《かあ》さんが選《えら》んだだけの物《もの》は処分《しょぶん》することにするよ」

そう言《い》うと、彼《かれ》はすっかり冷《さ》めてしまった秋刀魚《さんま》にしょうゆを落《お》とした。

結局《けっきょく》、単身赴任《たんしんふにん》に関《かん》しても一旦《いったん》、白紙《はくし》に戻《もど》すことになった。

「今後《こんご》は自分《じぶん》の頭《あたま》で考《かんが》えるよ。母《かあ》さんにも電話《でんわ》でそう伝《つた》えるから」

今朝《けさ》、スーツ姿《すがた》の彼《かれ》は私《わたし》にそう言《い》ってから出勤《しゅっきん》していった――。

お客様用《きゃくさまよう》のコーヒーカップをテーブルに置《お》く。
カツン。
昨日《きのう》と違《ちが》い、今日《きょう》はできるだけゆっくりと優《やさ》しく。
お義母《かあ》さんは声《こえ》が大《おお》きく押《お》しの強《つよ》い印象《いんしょう》だが、
息子《むすこ》の嫁《よめ》だからという理由《りゆう》でイヤミを言《い》うようなタイプではなかった。
それでも、今日《きょう》に限《かぎ》っては何《なに》を言《い》われるかわからない。
対面《たいめん》に座《すわ》った私《わたし》は、生《なま》つばを飲《の》みこんだ。
コーヒーに口《くち》をつけ、それからお義母《かあ》さんは私《わたし》に視線《しせん》を向《む》けた。
「一体《いったい》、何《なに》が原因《げんいん》なの？」
口調《くちょう》は落《お》ち着《つ》いたものだった。
「原因《げんいん》…ですか？」

「そうよ。あの子《こ》が私《わたし》の選択《せんたく》に反対《はんたい》するなんて、今《いま》まで一度《いちど》もなかったのよ」

「……亮太《りょうた》さんも、もう大人《おとな》ですし、お義母《かあ》さんに頼《たよ》り過《す》ぎな部分《ぶぶん》を少《すこ》し、反省《はんせい》したんじゃないかと……」

私《わたし》は小声《こごえ》で返《かえ》した。

「それは、そうかもしれないわね。はあ、あの子《こ》も、もう大人《おとな》だものね……」

お義母《かあ》さんはそこまで言《い》うと、しばらく間《ま》をあけ、言葉《ことば》を続《つづ》けた。

「…あの子《こ》は生《う》まれたとき、身体《からだ》が小《ちい》さくてね。私《わたし》がしっかりしなくちゃ。この子《こ》は私《わたし》が守《まも》るんだって、そう心《こころ》に決《き》めたの。でもそれが、結果的《けっかてき》に、あの子《こ》を依存心《いぞんしん》の強《つよ》い子《こ》にしてしまったのかもしれないわね……」

どうやら、お義母《かあ》さんは私《わたし》に文句《もんく》を言《い》うために、わざわざ家《いえ》を訪《たず》ねて来《き》た訳《わけ》ではないようだ。

私《わたし》は警戒《けいかい》レベルを引《ひ》き下《さ》げ、自分《じぶん》のコーヒーに口《くち》を付《つ》ける。

「実《じつ》はウエディングドレスのことも聞《き》いたの」

口《くち》にふくんだコーヒーを吹《ふ》き出《だ》しそうになる。

警戒《けいかい》レベルが再度上《さいどあ》がる。

というか、旦那《だんな》への怒《いか》りのレベルが上《あ》がった。

「昔《むかし》から私《わたし》って、自分《じぶん》が良《よ》いと思《おも》った物《もの》が絶対《ぜったい》だと思《おも》ってしまうきらいがあって。カナさんの顔立《かおだ》ちだと、印象《いんしょう》のハッキリしたあのドレスの方《ほう》が似合《にあ》うかなあと、思《おも》っちゃったのよね。でもそれって私《わたし》の価値判断《かちはんだん》でしかなくて……」

お義母《かあ》さんの話《はなし》は、ところどころ私《わたし》の容姿《ようし》を批判《ひはん》するような表現《ひょうげん》も入《い》り混《ま》じっていたが、話《はなし》を要約《ようやく》すると、それは『私《わたし》への謝罪《しゃざい》』だった。

「いいんですよ、お義母《かあ》さん。ドレス綺麗《きれい》だったって友達《ともだち》にもすごく言《い》われたんですから」

私《わたし》の助《たす》け舟《ぶね》に、お義母《かあ》さんの表情《ひょうじょう》が少《すこ》し和《やわ》らぐ。

「そう言《い》ってもらえるとホッとするわ。私《わたし》、カナさんにきらわれちゃっているのかと思《おも》って……」

私《わたし》は首《くび》を横《よこ》にふった。

「そうしたら、もう一度考《いちどかんが》え直《なお》せないのかしら」

私《わたし》が反応《はんのう》に困《こま》っていると、お義母《かあ》さんは話《はなし》を続《つづ》けた。

「……やっぱり、今回《こんかい》のことばっかりは納得《なっとく》がいかないのよね。

もう一度《いちど》私《わたし》からあの子《こ》を説得《せっとく》したいという気持《きも》ちもあるんだけど。

……カナさんは、カナさん自身《じしん》の気持《きも》ちは、どうなの？」

昨晩《さくばん》は感情的《かんじょうてき》に反発《はんぱつ》してしまったが、落《お》ち着《つ》いて今考《いまかんが》え直《なお》してみても、
やはり海外赴任《かいがいふにん》は正直困《しょうじきこま》る。

今《いま》やっているお料理教室《りょうりきょうしつ》の先生《せんせい》だって、ずっと夢《ゆめ》だったものをやっとかなえた仕事《しごと》なのに。

「それは、えっと、あの…私《わたし》には、私《わたし》の仕事《しごと》もありますし……」

私《わたし》がそう言《い》うと、お義母《かあ》さんはまたため息《いき》をついた。

「……そう。わかったわ。残念《ざんねん》だけど、二人《ふたり》で決《き》めたことですものね。

私《わたし》が決《き》めることではないものね」

私《わたし》はお義母《かあ》さんの目《め》を見《み》て、小《ちい》さくうなずいた。

お義母《かあ》さんは空《から》になったカップをテーブルに置《お》くと、

「じゃあ、私《わたし》は帰《かえ》るわね」

と言《い》った。

「えっ？　亮太《りょうた》さんも、もう少《すこ》しで帰《かえ》ると思《おも》いますし、夕食《ゆうしょく》は食《た》べていかれないんですか？」

私《わたし》の言葉《ことば》に、お義母《かあ》さんは首《くび》を横《よこ》にふった。

「お父《とう》さんの晩《ばん》ごはんを用意《ようい》してないし。それに、もう一度《いちど》だけ二人《ふたり》で話《はな》し合《あ》ってほしいの」

「あ、……はい」

私《わたし》がそう言《い》うと、お義母《かあ》さんは優《やさ》しい笑顔《えがお》を私《わたし》に向《む》けた。

「また私《わたし》の余計《よけい》な口出《くちだ》しになってしまうかもしれないけれど、私《わたし》はやっぱり、亮太《りょうた》には……カナさんが一番《いちばん》合《あ》っていると思《おも》うのよ」

本当《ほんとう》はこわい真実《しんじつ》の解説《かいせつ》

語《かた》り手《て》は、マザコンの気《け》がある男性《だんせい》と結婚《けっこん》した女性《じょせい》。彼女《かのじょ》の不満《ふまん》が爆発《ばくはつ》したことで、旦《だん》那《な》さんは母親《ははおや》への依存《いぞん》を断《た》ち切《き》ろうと心《こころ》に決《き》めたようね。これで夫婦関係《ふうふかんけい》も良好《りょうこう》なものになっていく……かしら？

　息子《むすこ》と電話《でんわ》で話《はな》したお義母《かあ》さんは、急《いそ》いで語《かた》り手《て》の家《いえ》を訪《たず》ねてきた。語《かた》り手《て》は『自分《じぶん》の意《い》に添《そ》わない息子夫婦《むすこふうふ》の決定《けってい》に、お義母《かあ》さんが怒《おこ》っているのではないか？』と身構《みがま》えているけれど、どうやらそうではないみたい。

　では、お義母《かあ》さんの目的《もくてき》は、一体《いったい》なんなのかしら？

　それは、お義母《かあ》さんの最後《さいご》の言葉《ことば》から推測《すいそく》できるわ。

「私《わたし》はやっぱり、亮太《りょうた》には……カナさんが一番合《いちばんあ》っていると思《おも》うのよ」

　この言葉《ことば》だけ見《み》ればわかるように、お義母《かあ》さんは『二人《ふたり》の関係《かんけい》が続《つづ》くように』と願《ねが》って、語《かた》り手《て》に会《あ》いに来《き》たのよ。

　……では、だれが『二人《ふたり》の関係《かんけい》を終《お》わらせよう』としているのかしら？

　……その人物《じんぶつ》は口《くち》にしている。

「これからはさ。自分《じぶん》の気《き》に入《い》っていない、母《かあ》さんが選《えら》んだだけの物《もの》は処分《しょぶん》することにするよ」

母《かあ》さんが選《えら》んだだけの物《もの》……話《はなし》の中《なか》で語《かた》り手《て》は、この夫婦《ふうふ》は『お見合《みあ》い結婚《けっこん》だった』と述《の》べているわ。二人《ふたり》の始《はじ》まりは、日常生活《にちじょうせいかつ》の中《なか》でお互《たが》いがひかれ合《あ》ったことで始《はじ》まった恋《れん》愛《あい》ではないわけね。もちろん、お見合《みあ》いから始《はじ》まった恋愛《れんあい》でも当事者同士《とうじしゃどうし》が相手《あいて》を好《す》きになり、結婚《けっこん》に進展《しんてん》するケースの方《ほう》が多《おお》いでしょう。

しかし、彼《かれ》にとってはそうではなかったようね。

つまり、旦那《だんな》さんにとって、語《かた》り手《て》の存在《そんざい》は、ぬぎ捨《す》てたライオン柄《がら》のパジャマと同《おな》じで……「母《かあ》さんが選《えら》んだだけの物《もの》」だったのね。

鬼《おに》の所業《しょぎょう》

桃太郎《ももたろう》など昔《むかし》ばなしでは、鬼《おに》は村《むら》をおそったり、物《もの》をうばったりするわよね。そんな鬼《おに》がするような恐《おそ》ろしいおこないを『鬼《おに》の所業《しょぎょう》』と言《い》うのよ。

彼女《かのじょ》は、
巨大《きょだい》な体《からだ》つきをしていた。
何《なに》かを食《く》らったあとなのだろうか、
口《くち》のまわりには、べっとりと赤《あか》いものがついている。
無邪気《むじゃき》な笑《え》みを浮《う》かべ僕《ぼく》に近《ちか》づくと、
首《くび》をしばり、
軽々《かるがる》と僕《ぼく》を担《かつ》ぐと、
部屋《へや》に吊《つ》るしたのだった。
しかも彼女《かのじょ》は、
僕《ぼく》一人《ひとり》を毒牙《どくが》にかけただけでは満足《まんぞく》せず、
さらに三人《にん》の首《くび》を次々《つぎつぎ》と絞《し》めていった。
ならんで吊《つ》るされた僕《ぼく》らを見《み》て、

彼女《かのじょ》は満《み》ち足《た》りた表情《ひょうじょう》を浮《う》かべた。

もし彼女《かのじょ》に動機《どうき》を聞《き》けたのであれば、
こう答《こた》えるだろう。

「だって雨《あめ》が降《ふ》っていたから……」

まさに鬼《おに》の所業《しょぎょう》である。

本当《ほんとう》はこわい真実《しんじつ》の解説《かいせつ》

なんと恐《おそ》ろしい！

まるで、てるてるぼうずのように…………のように……。

……いえ。ように、じゃないわ。

これは、てるてるぼうずの立場《たちば》から見《み》たお話《はなし》ね。

そりゃあ、小《ちい》さな女《おんな》の子《こ》だって、てるてるぼうずからしたら大《おお》きいもの。

口《くち》のまわりについていたのは、イチゴジャムか何《なに》かかな？

このお話《はなし》は、一見《いっけん》こわいように見《み》えて「本当《ほんとう》はこわくない話《はなし》」ね。

写真《しゃしん》の空《そら》

写真《しゃしん》の題材《だいざい》に、空《そら》がえらばれることは多《おお》いわ。朝焼《あさや》けだったり、夕焼《ゆうや》けだったり、雲《くも》一つ無《な》い青空《あおぞら》だったり。空《そら》はいろんな表情《ひょうじょう》を見《み》せてくれるから、思《おも》わず写真《しゃしん》を撮《と》りたくなるのもわかるわね。だけど、今回《こんかい》の語《かた》り手《て》は、写真《しゃしん》でしか、空《そら》を見《み》たことがないようよ……？

僕《ぼく》は写真《しゃしん》の中《なか》でしか、空《そら》を知《し》らなかった。

それは、僕《ぼく》がクローン人間《にんげん》だからだ。

僕《ぼく》らはその存在《そんざい》を世間《せけん》に知《し》られてはいけない。

だから、僕《ぼく》らは生《う》まれたこの施設《しせつ》の中《なか》から出《で》られない。

手枷《てかせ》、足枷《あしかせ》をつけられ逃《に》げることなどできず、部屋《へや》には窓《まど》がない。

クローン人間《にんげん》の目的《もくてき》は、オリジナルの人間《にんげん》にもしものことがあった場合《ばあい》に、彼《かれ》の代《か》わりに残《のこ》りの人生《じんせい》を生《い》きることだ。

僕《ぼく》のオリジナルは政治家《せいじか》だった。

次期大統領候補《じきだいとうりょうこうほ》の一人《ひとり》で、争《あらそ》いのない平和《へいわ》な国《くに》を作《つく》ることが彼《かれ》の生《い》きる目的《もくてき》だ。


ある日《ひ》、施設《しせつ》に連絡《れんらく》が入《はい》った。

交通事故《こうつうじこ》で彼《かれ》が死亡《しぼう》したという連絡《れんらく》だった。

大《おお》きな玉突《たまつ》き事故《じこ》で、彼以外《かれいがい》にも数人《すうにん》の死亡者《しぼうしゃ》が出《で》たらしい。
当初《とうしょ》、ライバル政治家《せいじか》のしわざかと報道《ほうどう》ははやし立《た》てたが、
正直《しょうじき》、僕《ぼく》にはどうでもよかった。
ただ幸《しあわ》せを感《かん》じた。
結局《けっきょく》、たいていのクローン人間《にんげん》は、オリジナルに代《か》わることなく、
このせまい施設《しせつ》の中《なか》から一歩《いっぽ》も出《で》ずに、その生涯《しょうがい》を終《お》える。
それを考《かんが》えると、オリジナルや事故《じこ》の被害者《ひがいしゃ》には申《もう》し訳《わけ》ないが、
役割《やくわり》が回《まわ》ってきた自分《じぶん》のことを幸運《こううん》に感《かん》じたのだ。

あれから数年《すうねん》、生《う》まれて始《はじ》めて、施設《しせつ》の外《そと》で暮《く》らす僕《ぼく》は、
日《ひ》がな一日《いちにち》、空《そら》を眺《なが》めて暮《く》らしている。
たてじまは入《はい》っているが、
本物《ほんもの》の空《そら》だ。

本当《ほんとう》はこわい真実《しんじつ》の解説《かいせつ》

語《かた》り手《て》はクローン人間《にんげん》で、彼《かれ》のオリジナルは交通事故《こうつうじこ》で死《し》んでしまったよう。死亡者《しぼうしゃ》が多数《たすう》出《で》た、大変《たいへん》つらい事故《じこ》だったのね……。

クローン人間《にんげん》の目的《もくてき》は、オリジナルが死《し》んだあとに、オリジナルの『代《か》わりに残《のこ》りの人《じん》生《せい》を生《い》きること』。

交通事故《こうつうじこ》で死《し》んだオリジナルの、残《のこ》りの人生《じんせい》とはどんなものだったのでしょう？

最後《さいご》の一文《ぶん》『たてじまは入《はい》っているが、本物《ほんもの》の空《そら》だ』から、彼《かれ》がいる部屋《へや》の窓《まど》には、鉄《てつ》格子《ごうし》が取《と》り付《つ》けられていることがわかる。

つまり、彼《かれ》がいるのは刑務所《けいむしょ》の中《なか》。

おそらく、オリジナルは自分《じぶん》が運転《うんてん》する車《くるま》で、事故《じこ》を起《お》こしてしまったのよ。それは多《た》数《すう》の死亡者《しぼうしゃ》を出《だ》す罪深《つみぶか》い事故《じこ》だった……。

せまい施設《しせつ》の中《なか》で生《う》まれ育《そだ》ったクローンの彼《かれ》は、今度《こんど》は、せまい刑務所《けいむしょ》の中《なか》で、オリジナルの代《か》わりに刑《けい》に服《ふく》して生《い》きているわ。

先生《せんせい》のつぶやき

インターネット上《じょう》で、「今《いま》思《おも》ったこと」をかんたんに発《はっ》信《しん》できるＳＮＳ。お友達《ともだち》が今《いま》どんなことを思《おも》っているのか、どんなことをしているのか、見《み》始《はじ》めると、やめられなくなっちゃうことも……。

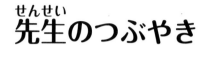

こないだ授業中《じゅぎょうちゅう》、
みんなスマホとかイジってて、だれも話《はなし》聞《き》いてなかったときがあったんだ。
そしたら先生《せんせい》が、
「たしかに、この授業《じゅぎょう》は社会《しゃかい》に出《で》て直接役《ちょくせつやく》に立《た》つわけじゃないかもしれない。
でもがんばったことがあるという経験《けいけん》は必《かなら》ず役《やく》に立《た》つ。
いつの日《ひ》か、だれもがそれに気付《きづ》く日《ひ》が来《く》るんだ」
ってつぶやいたの。
口《くち》ではあんま、そーいう説教《せっきょう》くさいこと言《い》わない先生《せんせい》だったから、
オレふくめて、クラス中《じゅう》が、
なんかすげー感動《かんどう》しちゃってさ、
「私《わたし》、勉強《べんきょう》する気《き》になったよ」とか、
「オレは先生《せんせい》みたいな大人《おとな》になりたいかも」とか、

目《め》を輝《かがや》かせて、みんなそれぞれにつぶやいてさ——。
オレは、
まだ将来《しょうらい》のこととかよくわかんないから、
とりあえず、その場《ば》で先生《せんせい》のつぶやきを、
「いいね！」したんだ。

本当《ほんとう》はこわい真実《しんじつ》の解説《かいせつ》

『みんなスマホとかイジってて、だれも話《はなし》聞《き》いてなかった』のに、生徒《せいと》は先生《せんせい》の話《はなし》に反応《はんのう》できている。『口《くち》ではあんま、そーいう説教《せっきょう》くさいこと言《い》わない先生《せんせい》』なのに、先生《せんせい》は説教《せっきょう》くさいことをつぶやいている。

そして、最後《さいご》に語《かた》り手《て》は先生《せんせい》のつぶやきを、「いいね！」している。

Twitter《ツイッター》やブログなど、SNSの種類《しゅるい》はいろいろあるけれど、多《おお》くのSNSは、だれかが投稿《とうこう》した「つぶやき」や「記事《きじ》」に「いいね！」ボタンを押《お》せるのよね。

つまり、語《かた》り手《て》たち生徒《せいと》だけじゃなくて、先生《せんせい》までもが授業中《じゅぎょうちゅう》にSNSをしていた。

というお話《はなし》ね。

透明《とうめい》になれる薬《くすり》

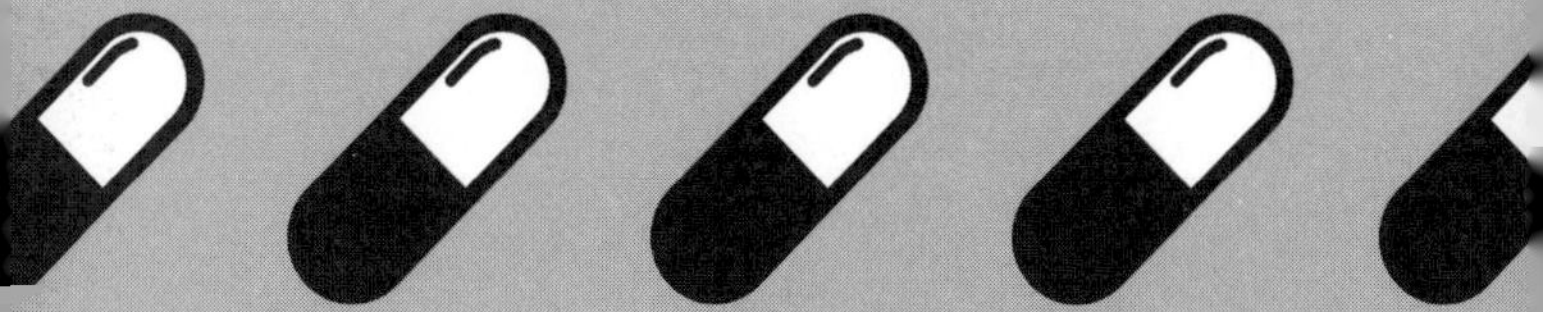

透明人間《とうめいにんげん》になれたら、何《なに》がしたい？　だれにも見《み》つからないようにイタズラしたり、ひみつの場所《ばしょ》に忍《しの》びこんだり！　ちょっとワクワクしちゃうわよね。今回《こんかい》の語《かた》り手《て》は、そんな夢《ゆめ》のような薬《くすり》が、ネットに売《う》っているのを発見《はっけん》したみたいよ！

ネット通販便利《つうはんべんり》だよね。

オレこないだ、

『透明《とうめい》になれる薬《くすり》』っての見《み》つけて、即注文《そくちゅうもん》したんだ。

やっぱ男《おとこ》の夢《ゆめ》っていうか、

透明《とうめい》になれたら、あんなことやこんなことしたいな……って、

ほら、いろいろあるじゃん？

それで数日後《すうじつご》、届《とど》いた薬《くすり》を飲《の》んだんだ。

そしたら、すぐにつま先《さき》から透明《とうめい》になって、

風呂場《ふろば》の鏡《かがみ》で見《み》たら、自分《じぶん》の姿《すがた》が写《うつ》っていなかったんだ！

それからはもう毎日《まいにち》、女湯《おんなゆ》のぞき放題《ほうだい》だよ！

映画《えいが》も見放題《みほうだい》だし、

今《いま》まで行《い》きたくても行《い》けなかった所《ところ》行《い》き放題《ほうだい》！

でも残念《ざんねん》だったこともあって、
それは幼《おさな》なじみの子《こ》に、
カレシがいるって知《し》っちゃったこと。
まあ、そのカレシの方《ほう》がさ、
透明《とうめい》になって幼《おさな》なじみの部屋《へや》をのぞきに行《い》くような、
オレなんかよりは、百倍《ばい》マシな男《おとこ》だと思《おも》うけどね。
こういう状況《じょうきょう》になってからさ、自分《じぶん》の本心《ほんしん》っていうのかな、
その子《こ》のこと好《す》きだったんだなって、気《き》づいてさ。
オレにはもう絶対手《ぜったいて》が届《とど》かない存在《そんざい》なんだなー……って思《おも》うとね。
ちょっとね。自分《じぶん》のバカさかげんに、後悔《こうかい》した。
……なんつってな。
シンミリすんの、オレらしくねー！
ポジティブポジティブ！
上《うえ》をむいて、いこう！

本当《ほんとう》はこわい真実《しんじつ》の解説《かいせつ》

『透明《とうめい》になれる薬《くすり》』を服用《ふくよう》して、のぞき行為《こうい》をしていた男《おとこ》が、幼《おさな》なじみにカレシがいると知《し》ってしまった。それで自分《じぶん》の本心《ほんしん》に気《き》づいたようね。この話《はなし》のポイントは、『オレにはもう絶対手《ぜったいて》が届《とど》かない存在《そんざい》なんだなー』という言葉《ことば》よ。結婚《けっこん》したわけではないし、「絶対《ぜったい》」と言《い》い切《き》ってしまうのは、悲観《ひかん》しすぎな気《き》がするわ……。じゃあ逆《ぎゃく》にどんな状況《じょうきょう》なら「絶《ぜっ》対《たい》」手《て》が届《とど》かないか。そう、自分《じぶん》が死《し》んだとき。

書《か》いてあるわね、『すぐにつま先《さき》から透明《とうめい》になって』って。これは語《かた》り手《て》が死《し》んで幽霊《ゆうれい》になったから足《あし》が消《き》えてしまったのよ。彼《かれ》が自分《じぶん》をバカだ、と言《い》っている理由《りゆう》は、『透明《とうめい》になれる』なんて夢《ゆめ》のような言葉《ことば》にだまされて、怪《あや》しい薬《くすり》を服用《ふくよう》したからだったのよ。

彼《かれ》は透明人間《とうめいにんげん》にはなれた。でも、彼《かれ》が恋心《こいごころ》に気《き》づいたときには、彼女《かのじょ》は『もう絶対手《ぜったいて》が届《とど》かない存在《そんざい》』になってしまっていたのね。

最後《さいご》は『上《うえ》をむいて』、天国《てんごく》へ『いこう』としてくれたのが、唯一《ゆいいつ》の救《すく》いね。

死亡時《しぼうじ》シチュエーション

　シチュエーションとは、「どんな状況《じょうきょう》か」という意味《いみ》。急《いそ》いでいるのに、電車《でんしゃ》が止《と》まって動《うご》かない！　その上《うえ》こんな日《ひ》に限《かぎ》って、携帯電話《けいたいでんわ》を忘《わす》れちゃった、なんて場合《ばあい》には「最悪《さいあく》のシチュエーションだ」という感《かん》じで使《つか》ったりするわね。

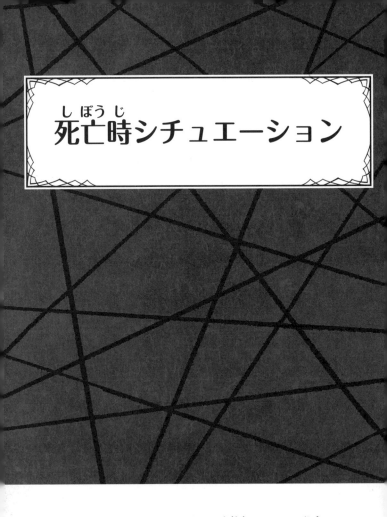

「ねえ、里香《りか》。死亡時《しぼうじ》シチュエーションってアプリ知《し》ってる？」
カレシの有都《ゆうと》は会《あ》うなりテンション高《たか》く、切《き》り出《だ》した。
話《はなし》を要約《ようやく》すると、そのアプリは、名前《なまえ》を入力《にゅうりょく》すると、
その人《ひと》が死《し》ぬときのシチュエーションを教《おし》えてくれるアプリらしい。
有都《ゆうと》のテンションが高《たか》かったのは、名前《なまえ》を入力《にゅうりょく》したときに表示《ひょうじ》された内容《ないよう》が、
自分《じぶん》の理想《りそう》の死《し》に方《かた》に近《ちか》かったからみたいだ。
見《み》せられたスマホの画面《がめん》はこんな内容《ないよう》だった。
『あなたの死亡時《しぼうじ》シチュエーション
名前《なまえ》：藤沢有都《ふじさわゆうと》（77歳《さい》）
旅館《りょかん》の一室《いっしつ》。
部屋《へや》から海《うみ》が見《み》える。
少《すこ》し開《あ》けた窓《まど》から入《はい》る潮風《しおかぜ》が心地《ここち》よい。

妻《つま》の手《て》をにぎり、笑顔《えがお》でその生涯《しょうがい》を終《お》える。』
有都《ゆうと》は「この旅館《りょかん》って去年《きょねん》、一緒《いっしょ》に行《い》った所《ところ》のことだよなー」とか言《い》って、
とても嬉《うれ》しそうだ。
そんな有都《ゆうと》を見《み》て、ちょっとは二人《ふたり》の将来《しょうらい》のことも考《かんが》えてんのかなって思《おも》って、
なんだか私《わたし》も嬉《うれ》しくなった。
「じゃあ、私《わたし》はどうなのかな」と、私《わたし》は自分《じぶん》の名前《なまえ》を入力《にゅうりょく》した。
画面《がめん》が切《き》り替《か》わり、文章《ぶんしょう》が表示《ひょうじ》された。
『あなたの死亡時《しぼうじ》シチュエーション
名前《なまえ》：内藤里香《ないとうりか》（85歳《さい》）
自宅《じたく》の寝室《しんしつ》。
子《こ》ども、孫《まご》に見守《みまも》られている。娘《むすめ》は父《ちち》の遺影《いえい》を手《て》にしている。
昼過《ひるす》ぎ、部屋《へや》に差《さ》す温《あたた》かい光《ひかり》の中《なか》で、
静《しず》かにその生涯《しょうがい》を終《お》える。』
有都《ゆうと》に見《み》せられなかった。

本当《ほんとう》はこわい真実《しんじつ》の解説《かいせつ》

スマホの画面《がめん》をカレシに見《み》せられなかったわけだから、このカップルが将来別《しょうらいわか》れるということが、画面上《がめんじょう》に暗示《あんじ》されていたということよ。

ではどこの部分《ぶぶん》に暗示《あんじ》されているかというと、死亡時《しぼうじ》の二人《ふたり》の名前《なまえ》。

この二人《ふたり》、死亡時《しぼうじ》の苗字《みょうじ》が異《こと》なるわ。

彼女《かのじょ》は画面《がめん》に表示《ひょうじ》された自分《じぶん》の苗字《みょうじ》が、現在《げんざい》と異《こと》なっていたので、それにすぐ気《き》づいたわけね。でも二人《ふたり》ともそれぞれ別《べつ》の伴侶《はんりょ》と幸《しあわ》せな人生《じんせい》を歩《あゆ》むようなので、バッドエンドのようでハッピーエンドかもしれないわ。

乗《の》り換《か》え

乗《の》り換《か》えって聞《き》くと、いくつかイメージが思《おも》い浮《う》かぶでしょ。電車《でんしゃ》やバスの乗《の》り換《か》えだったり、最近《さいきん》よく使《つか》われるのが、携帯電話《けいたいでんわ》に対《たい》して。携帯電話《けいたいでんわ》をちがう会社《かいしゃ》のものにかえることも「乗《の》り換《か》え」って言《い》うわよね。

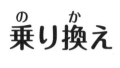

A、Bは腹《はら》の底《そこ》から声《こえ》を出《だ》して笑《わら》った。

A「ウケるー」

B「でも乗《の》り換《か》えるんだ？」

A「まだ全然《ぜんぜん》使《つか》えるんだけどさ」

B「じゃあ、別《べつ》に良《よ》くない？」

A「反応《はんのう》がイマイチなんだよね。あとフツーに飽《あ》きたし」

B「どれくらい使《つか》ってんの？」

A「もうちょいで1年《ねん》くらいかな」

B「えー、私《わたし》なんて3年目《ねんめ》だけど」

A「飽《あ》きない？」

B「変《か》えると不便《ふべん》じゃない？」

A「最初《さいしょ》はね。でも機能《きのう》とか覚《おぼ》えてくのが楽《たの》しい」

B「次《つぎ》のは何《なに》にするか決《き》めてんの？」

A「こないだ店入《みせはい》ったら、チョーかわいいの見《み》つけて」

B「へー。結局《けっきょく》は見《み》た目《め》なんだ？」

A「うん。見《み》た目《め》は重要《じゅうよう》でしょ」

B「女子《じょし》？」

A「うん。男子《だんし》はキビシイよ」

B「そうなんだ？」

A「結構操作違《けっこうそうさちが》うから。前試《まえため》したことあんだけど慣《な》れなくてスグ変《か》えた」

B「ホント、コロコロ変《か》えてんだね」

A「別《べつ》に良《よ》くない？」

B「ま、別《べつ》にいーけど」

A「だって、この星《ほし》に70億《おく》もあるんだよ」

B「そーだよねー」

A、Bはまた腹《はら》の底《そこ》から声《こえ》を出《だ》して笑《わら》った。

本当《ほんとう》はこわい真実《しんじつ》の解説《かいせつ》

AとBという二人《ふたり》の女性《じょせい》が、携帯電話《けいたいでんわ》の乗《の》り換《か》えに関《かん》して、会話《かいわ》している……ように読《よ》めるけど、実際《じっさい》は違《ちが》うわ。

では何《なん》の乗《の》り換《か》えの話《はなし》をしているのか？

それはAの最後《さいご》の言葉《ことば》からわかるわよ。

「だって、この星《ほし》に70億《おく》もあるんだよ」

この星《ほし》、つまり地球《ちきゅう》に70億《おく》というのは、人間《にんげん》の数《かず》。

AとBは宇宙人《うちゅうじん》で、人間《にんげん》の身体《からだ》に寄生《きせい》して生《い》きている。

だから、彼女《かのじょ》たちは、『腹《はら》の底《そこ》から声《こえ》を出《だ》して笑《わら》う』のよ。

ワケあり物件《ぶっけん》

　ワケあり物件《ぶっけん》って、聞《き》いたことある？　日《ひ》が差《さ》さないとか、近《ちか》くにうるさい工場《こうじょう》があるとか、ちょっとマイナスの事情《じじょう》のあるマンションや、一軒家《いっけんや》なんかのこと。ワケありだと、ちょっと安《やす》い値段《ねだん》で借《か》りられることが多《おお》いみたいよ。

昨日《きのう》のことなんだけどね。
先輩《せんぱい》が会社《かいしゃ》の近《ちか》くに引《ひ》っ越《こ》したって聞《き》いて、
オレと仲《なか》の良《い》い後輩《こうはい》の二人《ふたり》で、
先輩《せんぱい》の家《いえ》に行《い》ってみたんだ。
結構立派《けっこうりっぱ》なマンションで、
先輩《せんぱい》の給料《きゅうりょう》でよく払《はら》えるなー、
って思《おも》ったんだよね。
でも理由《りゆう》はすぐわかったんだ。
家《いえ》に居《い》た先輩《せんぱい》が、
玄関《げんかん》のドア開《あ》けてくれたときに、
すぐにオレ異様《いよう》な感《かん》じに気付《きづ》いて、
顔《かお》しかめて、

「ココって……大丈夫《だいじょうぶ》ですか？」
って思《おも》わず言《い》っちゃったよ。
そしたら先輩真顔《せんぱいまがお》になって、
「お前《まえ》って、そーいうのわかる人《ひと》なんだ。
そうなんだよな、ここ、いわゆる『ワケあり物件《ぶっけん》』で、
前《まえ》に殺人事件《さつじんじけん》があった部屋《へや》らしいんだよ」
こわいことをサラッと告白《こくはく》してきたんだ。
オレ、「やっぱ帰《かえ》る、ヤバい感《かん》じがする」って言《い》ったんだけど、
一緒《いっしょ》に行《い》った後輩《こうはい》に、
「もう、何非科学的《なにひかがくてき》なこと言《い》ってるんすかー」
って、無理《むり》やり手《て》を引《ひ》っ張《ぱ》られちゃって、
なんか押《お》し切《き》られるままに、
その部屋《へや》で酒飲《さけの》んだんだ。
でも全然《ぜんぜん》、酔《よ》えなかった。

だってずっと見《み》えてるんだもん、
透《す》けてる女《おんな》の人《ひと》。
お腹《なか》に思《おも》いっきり刃物《はもの》刺《さ》さってて、
すごい恨《うら》みの念《ねん》が出《で》てて、
鬼《おに》の形相《ぎょうそう》って感《かん》じ。
先輩《せんぱい》に、実害《じつがい》はないのか聞《き》いたら、
「オレ霊感《れいかん》ないから全然平気《ぜんぜんへいき》」って、
ケロッとしてた。
相場《そうば》の半額《はんがく》くらいで部屋《へや》借《か》りられてるって話《はなし》で盛《も》り上《あ》がってて、
後輩《こうはい》も「うらやましいっす」って笑《わら》ってた。
オレはお前《まえ》らの呑気《のんき》さがうらやましいよ、って思《おも》った。

結局《けっきょく》1時間《じかん》くらい居《い》て、
もームリって思《おも》って後輩《こうはい》置《お》いて、帰《かえ》ることにしたんだ。

最後《さいご》に玄関《げんかん》のとこで、
一応《いちおう》は霊感《れいかん》あるものの義務《ぎむ》として、
早《はや》く引《ひ》っ越《こ》した方《ほう》がいいって、先輩《せんぱい》に忠告《ちゅうこく》したんだ。

でも全然《ぜんぜん》聞《き》く耳《みみ》持《も》ってくれなくて、

「安《やす》いしー」

「会社近《かいしゃちか》いしー」

「この部屋《へや》借《か》りるの大変《たいへん》だったしー」

「引《ひ》っ越《こ》すの面倒《めんどう》くさいしー」

って、ペラペラと御託《ごたく》を並《なら》べてさ、あげくの果《は》てに、

「そうだ、来週《らいしゅう》の花火大会《はなびたいかい》うちで見《み》てけよ！　ここからめっちゃよく見《み》えるから」

なんて言《い》うから、ため息《いき》でたよ。

ホント霊感《れいかん》ない人間《にんげん》は、危機感《ききかん》足《た》りてないなー、って。

本《ほん》当《とう》はこわい真《しん》実《じつ》の解《かい》説《せつ》

会社《かいしゃ》の先輩《せんぱい》が引《ひ》っ越《こ》した部屋《へや》は、幽霊《ゆうれい》が出《で》るワケあり物件《ぶっけん》だった。というお話《はなし》ね。霊感《れいかん》のある語《かた》り手《て》の男性《だんせい》は、先輩《せんぱい》に『早《はや》く引《ひ》っ越《こ》した方《ほう》がいい』と、アドバイスしてるけど、先輩《せんぱい》は全《まった》く聞《き》く耳《みみ》を持《も》たない。

でも「安《やす》いしー」「会社近《かいしゃちか》いしー」「引《ひ》っ越《こ》すの面倒《めんどう》くさいしー」の3つは納得《なっとく》できるけど、「この部屋《へや》借《か》りるの大変《たいへん》だったしー」はちょっと違和感《いわかん》があるわ。だって、ワケあり物件《ぶっけん》なんて、そうそうは借《か》り手《て》がつくものじゃないもん。だからこそほかより安《やす》い家賃《やちん》が付《つ》けられていたわけだし。それに、なんで引《ひ》っ越《こ》してきたばかりの先輩《せんぱい》は「このマンションから花火大会《はなびたいかい》がよく見《み》える」ことを知《し》っているんでしょう？　以前《いぜん》も来《き》たことがあったのでは？

そう、彼《かれ》は、もともとこの部屋《へや》に住《す》んでいた女性《じょせい》を殺害《さつがい》し、会社《かいしゃ》に近《ちか》いこの部屋《へや》を、いわく付《つ》き物件《ぶっけん》にして、安《やす》い給料《きゅうりょう》でも借《か》りられるようにして引《ひ》っ越《こ》して来《き》たの。だから「この部屋《へや》借《か》りるの大変《たいへん》だった」と言《い》い、引《ひ》っ越《こ》したくないと言《い》っているんだわ……。

黒《くろ》いイヌ

黒《くろ》いイヌを見《み》つけると男《おとこ》は赤《あか》い車《くるま》に戻《もど》った。

銀色《ぎんいろ》の上着《うわぎ》を脱《ぬ》ぐと、青《あお》いワンピースの少女《しょうじょ》が男《おとこ》に聞《き》いた。

「シロは見《み》つかった？」

最後《さいご》のお話《はなし》の
真実《しんじつ》はわかった？
赤《あか》い車《くるま》に乗《の》っている
銀色《ぎんいろ》の服《ふく》の人《ひと》を想像《そうぞう》してみて
そう
これは消防士《しょうぼうし》さん
女《おんな》の子《こ》が「シロ」と呼《よ》んだイヌは
その名《な》の通《とお》り白《しろ》いイヌだった
だけど
残念《ざんねん》なことに
きっと火事《かじ》で真《ま》っ黒《くろ》に……
え？
こわくなったから
そろそろおうちに帰《かえ》る？

「お母《かあ》さんが心配《しんぱい》しちゃうから今日《きょう》は本《ほん》を借《か》りて帰《かえ》りたい」って？
うーん ざんねんだけど それはできないの 図書館《としょかん》なんだから本《ほん》を借《か》りることができないってわけじゃないの
あなたができないのはね
…おうちに『帰《かえ》る』ことよ
この建物《たてもの》に出口《でぐち》はないの
だって わたし最初《さいしょ》に説明《せつめい》したでしょ ここには普通《ふつう》の図書館《としょかん》とちがって

ありきたりなね、『退路《たいろ》』なんか存在《そんざい》しないの
あるのは『本当《ほんとう》はこわい話《はなし》』だけなのよ

※退路《たいろ》がない…⁉　「最初《さいしょ》に説明《せつめい》したでしょ」って真実《まみ》ちゃんは言《い》っていたけど、そんなこと言《い》っていたかな？　本当《ほんとう》はこわかった真《ま》実《み》ちゃんの言葉《ことば》は、5ページ目《め》を読《よ》み返《かえ》しみてね。

角川つばさ文庫

小林丸々／作

作家。スマホアプリを中心に「意味がわかると怖い話」シリーズを発表し、人気を博す。「丸々」という名前は、ペンネームに悩んだ著者が、テストでよく見る「マルマルを埋めなさい」という定型句から取ったもの。

ちゃもーい／絵

東京を拠点に活動中。ゲーム、音楽、書籍、広告、文具等、多ジャンルで活躍するポップでキュートな作風が特徴のイラストレーター。
趣味はGoogleマップで世界中を空中散歩すること。THINKR/POPCONE所属。

角川《かどかわ》つばさ文庫《ぶんこ》

本《ほん》当《とう》はこわい話《はなし》

かくされた真実《しんじつ》、君《きみ》は気《き》づける？

作《さく》　小林丸々《こばやしまるまる》

絵《え》　ちゃもーい

2018年４月15日　初版発行
2023年４月５日　23版発行

発行者　山下直久
発　行　株式会社KADOKAWA
〒102-8177　東京都千代田区富士見2-13-3
電話　0570-002-301(ナビダイヤル)
印　刷　大日本印刷株式会社
製　本　大日本印刷株式会社
装　丁　ムシカゴグラフィクス

ISBN978-4-04-631783-4　C8293　N.D.C.913　174p　18cm

●お問い合わせ
https://www.kadokawa.co.jp/（「お問い合わせ」へお進みください）
※内容によっては、お答えできない場合があります。
※サポートは日本国内のみとさせていただきます。
※Japanese text only

読者のみなさまからのお便りをお待ちしています。下のあて先まで送ってね。
いただいたお便りは、編集部から著者へおわたしいたします。
〒102-8177　東京都千代田区富士見2-13-3　角川つばさ文庫編集部